S. FISCHER

Lana Bastašić

MANN IM MOND

Erzählungen

Aus dem Bosnischen
von Rebekka Zeinzinger

S. FISCHER

Aus Verantwortung für die Umwelt hat sich der S. Fischer Verlag zu einer nachhaltigen Buchproduktion verpflichtet. Der bewusste Umgang mit unseren Ressourcen, der Schutz unseres Klimas und der Natur gehören zu unseren obersten Unternehmenszielen.

Gemeinsam mit unseren Partnern und Lieferanten setzen wir uns für eine klimaneutrale Buchproduktion ein, die den Erwerb von Klimazertifikaten zur Kompensation des CO_2-Ausstoßes einschließt.

Weitere Informationen finden Sie unter:
www.klimaneutralerverlag.de

Die Arbeit der Übersetzerin am vorliegenden Text wurde vom Deutschen Übersetzerfonds gefördert.

MIX
Papier aus verantwortungsvollen Quellen
FSC
www.fsc.org
FSC® C014496

Deutsche Erstausgabe

Erschienen bei S. FISCHER

Die Originalausgabe erschien 2020 unter dem Titel »Mliječni zubi« bei Booka, Belgrad.

Satz: Fotosatz Amann, Memmingen
Druck und Bindung: GGP Media GmbH, Pößneck
Printed in Germany
ISBN 978-3-10-397153-8

Für Lina,
die sieben Jahre alt ist und den Mond anschaut

Ganz am Anfang (...)
steht ein in den Keller geworfenes Kind.

Georgi Gospodinov, *Physik der Schwermut*

WALD

Ich brauchte ganz schön lange, um Papa zu erwürgen. Er war ein dünner Mann und ständig krank. Die Frauen aus dem Dorf schickten uns oft Gläser voll homöopathischer Arzneien oder irgendwelche Bündel wunderwirkender Kräuter, wann immer sie ihn sahen, wie er sich den Weg hinunter in den Wald aufmachte. Ganz eingegangen ist er dir, sagten sie zu meiner Mutter, als redeten sie über die Hortensien im Vorgarten. Isst er denn überhaupt was? Wie kommt's, dass er so schwach geworden ist? All das sagten sie, ohne auf eine Antwort zu warten, und versuchten dabei, mit in Falten gelegter Stirn ihr Vergnügen an ihrer Besserwisserei zu verbergen. Doch Mama zuckte nur mit den Schultern.

Der Mann isst genau das Gleiche wie wir, jeden Tag zwei, drei gekochte Eier zum Frühstück. Gestern gab's Kalbskopf, der hat's halbe Hirn aufgegessen, mit hausgemachtem Brot. Der Kleinen hat er die Zunge gegeben.

Dann bot sie ihnen mich als Beweis an, fasste mich am Unterarm, tätschelte meinen Bauch, klopfte mir auf den Hintern und lachte ganz fremd, um nicht das Lachen der Frauen zu provozieren.

Wenn doch wenigstens die hier ein bisschen eingehen könnte, sagte sie, und hielt mein Fett als Schutzschild vor.

Doch die Frauen vom Land hatten mehr Erfahrung, da war etwas in ihm, am Herzen oder der Leber, etwas fraß ihn von innen auf. Papa ging in den Wald, ganz allein, um *den Kopf frei zu kriegen.* Wovon, das hat er nie erklärt.

Und wo soll ich bitte den Kopf frei kriegen?, sagte dann Mama und schaute durchs Fenster meinem Vater zu, wie er den Asphalt hinunterlief, kleiner und kleiner wurde, bis er in einem Augenblick dort, wo der Feldweg von der Straße in Richtung Wald abbog, vollkommen verschwand. Vor dem Abendessen kam er wieder und sah schlechter aus als zuvor, als ob er die ganze Zeit im Wald mit irgendeiner furchtbar anstrengenden Person gestritten hätte. All das beobachteten die Frauen aus dem Dorf und merkten es sich: seine dünnen Beine in der zerknitterten Hose, die eingefallenen Wangen und, obwohl niemand gewagt hätte, es laut auszusprechen, seine Traurigkeit. Papa war depressiv, nur dass dieses Wort damals nicht verwendet wurde. Wenn die Frauen aus dem Dorf also sagten, dass meinen Papa etwas von innen auffraß, hatte dies eine völlig wissenschaftlich begründete Bedeutung: irgendein Vitaminmangel, Schlafen in einem ungelüfteten Raum oder, im schlimmsten Fall, Hausarbeit. Der arme Mann hatte vielleicht zu viel Arbeit und führte im Geheimen dann auch noch diejenigen Aufgaben aus, die eigentlich für seine Frau bestimmt waren.

Wenn meiner zu Hause selbst bügeln müsste, sagte eine Dame im Postamt in der Reihe hinter uns, na da lass ich mich lieber beim Klauen erwischen, als dass mein Mann so daherkommt.

Eine andere fügte hinzu: Das sieht man einem Mann gleich an, was für ein Weib er daheim hat.

Meine Mama bezahlte nur wortlos die Rechnungen, fasste mich am Arm und stürzte beleidigt aus dem Postamt, als wäre es ein Bordell. Doch sie konnte Papa auch anschreien. Was wollte er denn? Alles war doch sauber und gebügelt. Frühstück, Mittagessen und Abendessen immer auf dem Tisch. Musste er denn so im Dorf herumlaufen, als lebte er allein in einer Bruchbude und nicht in einem Haushalt mit einer gesunden Frau? Doch er sagte nicht viel, winkte ab, was kümmert's uns, was die Leute reden.

Ach dich kümmert's nicht, rief Mama. Nur mich bringst du ins Grab damit!

Papa schwieg. Papa ging in den Wald. Ich erinnere mich nicht, wann ich begonnen hatte, ihm zu folgen. Ich wartete, bis er den Feldweg hinunter verschwunden war, sich dann dem Graben hinter dem letzten Nachbarshaus näherte und ich seine zierliche Gestalt zwischen den reglosen Baumstämmen erahnte. Manchmal wusste ich nicht, ob ich seinen Rücken oder einen Baum sah. Wenn ich mir sicher war, dass er weit genug weg war, ging auch ich in den Wald. Der Boden war voll knisternder Zweige, Laub und kleiner heimtückischer Pfützen, es war schwer, unbemerkt zu bleiben. Über unseren Köpfen kreuzten sich die nackten und feuchten Äste der hohen Bäume und durchschnitten den Himmel. Um meine Gummistiefel herum, durch den schlammigen Grund und das faulige Laubwerk hindurch, war der Puls des Lebens zu spüren. Dort versteckten sich Würmer und Maulwürfe, Blindschleichen und Raupen, Ameisen und Kakerlaken. Alles lauerte, schlängelte und duckte sich, getrieben von seinen primären Instinkten. Dieses ganze erbärmliche Leben stieg frei empor, wild, wortlos, an giftigen Pilzen und weitem, verschlungenem Wurzelwerk vorbei, und ich war reglos, wie ein Stein, in meinen chinesischen Gummistiefeln. Nach ein paar Minuten im Wald vergaß ich, dass sich nur weniger als hundert Meter von uns entfernt der Asphalt ausbreitete, einfarbig und eben, als hätte irgendeine achtlose Hand einen Spachtel voll Zement über lebendige Haut gezogen. Ich vergaß die Häuser und darin die Frauen, die Kalbsköpfe brieten, während sich auf kleinen Bildschirmen zwei Verliebte weinerliche Blicke zuwarfen. Es existierten nur Papa, der Wald und die Angst. Er könnte stehen bleiben, sich umdrehen und mich in der Ferne erblicken: meine dicken Arme und Beine, die diesen wilden Frieden störten. Doch er sah mich nicht. Es war immer das Gleiche: Er stapfte tief hinein zwischen die fernen Bäume, setzte sich auf einen großen Baumstumpf, knöpfte seine Hose auf und vergrub darin seine Hand. Als ich das zum ersten Mal sah, dachte ich, dass ihn etwas quälte, dass ihn von innen irgendein Schmerz oder ein Jucken oder ein Unbehagen zerriss und er damit kämpfte, es auszustoßen, hinaus auf die feuchte Erde. Später begriff ich, dass es etwas anderes war, dass Papa mit sich etwas Schmutziges machte, das, was die Lumpen und Säufer vom Land dazu brachte, sich auf die Stadtmädchen zu stürzen, wenn sie abends vom Jahrmarkt heimgingen. Ich blickte mich um in der Angst, dass jemand vorbeikommen und ihn bei dieser Schandtat erwischen könnte. Ich überlegte, wie ich ihn warnen würde, wie ich schnell genug sein und schreien würde, bevor man ihn auf frischer Tat ertappte. Aber das passierte nie.

Die alten Frauen brachten uns weiterhin frische Eier und Honig und Kräuter, um uns zu sagen, welche Schande es war, dass so ein Mann so verfiel. In ihren Worten lagen immer weniger Mitgefühl und immer mehr offene Verachtung. Sie fingen an, Mama aus dem Weg zu gehen. Das, was anfangs nur süßliches Predigen war, verwandelte sich in Angst vor der Ansteckung. Am Ende hörten sie auf, uns zu besuchen. Nur die alte Rusinka, von der wir Eier kauften, sahen wir noch.

Nimm's mir nicht übel, mein Kind, aber mit deinem Alten geht's bergab, sagte sie an diesem Tag in der Küche, während Mama die Eier im Kühlschrank verstaute. Im Dorf wird allerhand geredet … Das sag ich dir als die, die dir am nächsten steht.

Ach, was wird denn im Dorf geredet?, fragte Mama, in den Inhalt des Kühlschranks vertieft, als interessierte sie die Antwort gar nicht. Doch ihre Hände zitterten. Ihr Gesicht war blass wie die Eierschalen. Es sah aus, als würde sie jeden Moment platzen.

Ist er vielleicht in schlechter Gesellschaft? Weißt du da etwas?, fragte die Alte. Das würde all unsere Probleme lösen: schlechte Gesellschaft. Mama schüttelte nur den Kopf und fasste sich an die Stirn, als ob sich wieder schwere Kopfschmerzen ankündigten. Was, wenn sich auch diese Frau von uns abwendete? Wir hätten nicht einmal mehr Eier.

Vielleicht beschloss ich deshalb, wegen der Eier, etwas zu unternehmen. Alles war wie immer: Er kam von der Arbeit nach Hause und sagte, er würde losgehen, um den Kopf frei zu kriegen. Er bog auf den Feldweg ab, und ich wartete hinter dem letzten Nachbarhaus, dass er weit genug weg war, bevor ich in den Wald hineinging. Als er zum Baumstumpf gelangt war und sich die Hose aufknöpfte, blieb ich nicht stehen. Ich machte einen Schritt nach vorn, dann einen zweiten. Ich ging weiter, leise wie die Würmer rund um meine Stiefel, und suchte gleichzeitig mit meinem Blick nach einem ausreichend großen Stein. Einer war halb in der feuchten Erde eingegraben. Er blitzte auf wie ein abgeleckter Teller. Mühevoll hob ich ihn hoch. Unter dem Stein erschien eine feuchte Vertiefung, darin kleine Spinnen und Würmer, die sich überrascht von den Sonnenstrahlen und meinen großen Fingern auf eine hysterische Flucht begaben. Er hörte mich nicht, als ich auf seinen Rücken zuging, so vertieft war er in sein schmutziges Unterfangen.

Zweimal schlug ich ihm auf den Kopf, bevor er umfiel. Auf dem Stein blieb eine Spur Blut zurück, auf Papa eine Spur Erde. Er lag auf der Seite, als ob er schliefe, und sein heraushängendes Glied, schrumpelig und schmutzig wie ein toter haarloser Maulwurf, berührte den schlammigen Boden. Ich sah, dass er noch atmete. Seine Brust hob und senkte sich. Bevor ich begann, ihn zu erwürgen, knöpfte ich ihm die Hose zu und drehte ihn auf den Rücken. Es dauerte sehr lange. Einen Augenblick lang öffnete er die Augen, aber er sah mich nicht. Er sah durch mich hindurch, wie ein Wesen ohne Sprache und ohne Gedanken. Ich war erschöpft. Obwohl er nicht mehr bei Bewusstsein war, wehrte sich etwas in ihm, wollte ihn nicht loslassen, hartnäckig und blind, tief im Inneren. Und dann, auf einmal, gab es einfach auf.

Danach ging ich nach Hause und duschte, während Mama eine Serie guckte. Wir aßen gemeinsam Hühnersuppe zu Abend.

Papa ist noch immer nicht da, sagte ich und salzte meine Suppe nach.

Du iss nur, mein Kind, sagte Mama.

Sie kaute ein Stück Brot und schaute gespannt die Serie, ein Löffel voll Suppe neben ihr in der Luft. Die

Hauptdarstellerin probierte ein Hochzeitskleid an. Mama schaute sie voll Bewunderung an. Nur für sie hatte die schöne Schauspielerin das Kleid angezogen, als ob sie ihr etwas sagen wollte, etwas Unaussprechliches, etwas, das nur meine Mama verstehen konnte. Und dann, als ob sie die Botschaft erhalten hätte, nickte sie zufrieden, schluckte das Stück Brot hinunter und aß weiter in Ruhe ihr Abendessen.

MANN IM MOND

Der Junge steht im Garten und blickt zum Himmel. Oben ist der blasse Mond. Sie haben ihm gesagt, dass dort ein Mann sei. Der Junge sieht nichts. Er würde sich gern die Fernsehübertragung anschauen, aber im Haus sind zu viele Leute. Der Vater hat ihn und den Bruder hinausgeschickt. Da oben habt ihr den Mond, also schaut, so viel ihr wollt. Selbst wenn sie die Erlaubnis hätten, würden sie es vor lauter Schuhen kaum schaffen, das Haus zu betreten. Das ganze Dorf hat sich an ihrer Haustür die Schuhe ausgezogen. Bis an sein Lebensende wird der Junge den Mond mit dem Gestank menschlicher Füße verbinden.

Der Vater ist stolz gewesen, weil er als Einziger einen Fernseher hat. Er hat die Gäste umarmt, während sie hereinkamen und sich die Schuhe auszogen, als wäre Apollo 11 bei ihm im Haus gelandet. Der

Junge hat die Augen geschlossen und sich vorgestellt, dass ihm die Lippe nicht weh tut. Nachdem er sie wieder geöffnet hat, ist er zum alten Zwetschgenbaum gegangen und hat ihn geschüttelt. Ein großer stinkender Schuh ist ins Gras gefallen. Der Junge hat ihn genommen, ist widerwillig zur Haustür geschlurft und hat ihn auf den Schuhhaufen geworfen.

Ist er schon auf dem Mond angekommen?, hatte ihn der kleine Bruder vier Abende hintereinander gefragt.

Noch nicht. Schlaf, Kleiner.

Aber warum braucht er so lange?

Weil es weit ist.

Ich finde, das sieht nicht so weit aus.

Weil du doof bist. Schlaf jetzt.

Sag mir noch mal, wie sie heißen.

Du nervst wie Durchfall, hab's dir schon hundert Mal gesagt.

Ich hab's vergessen.

Der Junge blickte auf den nassen Fleck an der Decke, hörte den Grillen und dem sanften Wogen der Äste in der Nacht zu und ließ seine Zunge über die Wunde an der Lippe gleiten. Im Dunkel des Fensters blitzte von Zeit zu Zeit ein Licht auf. Sein kleiner Bruder wirkte immer schon unnatürlich klein in dem Bett, obwohl zwischen ihnen nur drei Jahre Unterschied waren. Vielleicht wegen der Länge des Betts oder dem Weiß der Laken, im Finstern, das Gesicht zur Wand gedreht, dass er so aussah, als passte er in eine Schublade. Das ließ ihn immer weich werden, dieser Anblick des Bruder-Hündchens, dessen Wuschelkopf gerade noch so unter der Decke hervorschaute. Vier Nächte hintereinander flüsterte er feierlich in die Dunkelheit, als würde er zu jemandem beten: Neil Armstrong, Michael Collins, Edwin Aldrin.

Der Zweite heißt genauso wie ich auf Amerikanisch, sagte der jüngere Bruder jeden Abend, ohne Ausnahme.

Stimmt. Komm, schlaf jetzt.

Und wer von ihnen ist der Wichtigste?

Neil Armstrong.

Dann ist Papa Neil Armstrong, ich bin Michael, und du bist dieser Dritte.

Gut, und jetzt schlaf.

Der Kleine drehte sich zum älteren Jungen um und flüsterte aufgeregt: Mach noch mal dieses Ding da, bitte!

Ich hab keine Lust. Ich will schlafen.

Komm schon, bitte, ich sag's auch niemandem!

Ach, du nervst …

Biiiitteee!

Wirst du dann schlafen?

Ja.

Schwörst du?

Ich schwöre auf alles.

Der Junge schloss sanft die Hand zur Faust, ließ darin etwas Platz und sagte zum Bruder, er solle darauf pusten. Der kleine Junge war so aufgeregt, dass er dabei auch gleich draufspuckte.

War's das? Ist es da?

Wart's ab, antwortete der ältere Bruder und schloss die Augen. Er atmete tief ein. Immer noch taten ihm die Rippen weh, aber er wusste, wie er den Schmerz mit dem Atem einfrieren konnte, so dass er zu pulsieren aufhörte.

Durch seine Finger drang ein schwaches Licht. Der Kleine gab sich Mühe, nicht zu blinzeln, er war sich sicher, den Trick diesmal zu durchschauen, wenn er nur aufmerksam genug hinschaute. Der Junge öffnete die Augen, dann die Faust. In ihr saß ein kleiner Leuchtkäfer. Ein Pünktchen Licht in der Finsternis des Zimmers.

Aber wie geeeht daaas?, rief der kleine Bruder, und der große wies ihn mit dem Finger an, nicht so laut zu sein. Er ging zum Fenster, öffnete es und ließ das Insekt hinaus. Der Mond war groß, erleuchtet wie ein Fernseher über dem ganzen Dorf, und die

Leuchtkäfer schienen direkt aus ihm heraus in ihren Garten gefallen zu sein.

Früher hatte ihn der Mond nicht interessiert. Den Bildern im Schulbuch nach sah er aus wie ein verbeulter Stein. Viel interessanter fand er den Saturn mit seinen regelmäßigen Ringen, die ihn an die runde Klinge der Schneidemaschine beim Fleischer erinnerten. Doch am liebsten war ihm der Jupiter. Es verblüffte ihn, wie etwas so Riesiges mitten im Weltall stehen konnte und nicht herunterfiel. Die Lehrerin hatte erzählt, dass auf dem Jupiter seit über dreihundert Jahren ein roter Wirbelsturm wütet. Der Junge deckte ihn mit dem Daumen auf der Illustration im Schulbuch ab, für ihn sah er aus wie ein großer Bluterguss auf dem Gesicht des Planeten. Er wünschte, Armstrong würde statt auf dem Mond auf dem Jupiter landen, genau ins Gewitter hinein. Das wäre doch mal etwas.

Doch als sich der Tag der Landung näherte, war es ihm nicht gleichgültig. Alle in der Schule redeten nur noch darüber. Die Lehrerin wies jeden Tag darauf hin, dass der erste Mensch im Weltall ein sowjetischer Pilot war, der Genosse Gagarin. Sie sagte es stolz, so als wäre Juri ihr Schüler gewesen. Aber der Junge verstand nicht, wie jemand ins Weltall fliegen und später in irgendeinem russischen Dorf in einem ganz gewöhnlichen Flugzeug sterben konnte. Astronauten mussten unsterblich sein wie Götter, und Gagarin war tot und in einer Mauer bestattet. Das war für den Jungen eine Niederlage, fast eine Schande.

Er hoffte, dass Armstrong überleben würde. Wenn alles glattlief, würde der Mann heute auf dem Mond spazieren. Er würde ihn direkt anschauen und sicher sein, dass auch Neil zurückschauen würde, zu ihm auf die Erde. Doch in dem Schauen ist auch eine Angst, die Erwartung einer Tragödie. Was, wenn er eine Explosion sehen würde, eine große Rauchwolke und ein Satellitenstück, das auf die Erde fiel, hinunter, mitten hinein in seinen Garten? Das alles machte ihm Angst, weil er wusste, wie wichtig diese Sache seinem Vater war. Er hatte das ganze Dorf eingeladen, um die Übertragung anzuschauen. Wenn Armstrong, Collins und Aldrin zum Mond kamen und heil und lebendig wieder zurückkehrten, würde der Vater gut gelaunt sein. Er würde tagelang darüber reden. Er würde alles nacherzählen, was er im Fernsehen gesehen hatte, und Wörter verwenden, die er von Wissenschaftlern gehört hatte, Wörter, die nicht seine waren. Er würde Witze reißen, lachen und glücklich sein, weil irgendein menschliches Wesen, ein Mann wie er, auf der Oberfläche des Mondes spaziert war. Doch wenn etwas passierte, wenn die

Mission scheiterte, würde der Vater das als persönliche Niederlage empfinden. Völlig umsonst hätte er die Leute ins Haus geladen, ihnen Essen und Getränke serviert und wäre allen wie ein Narr um den Hals gefallen. Er würde den ganzen Tag verärgert sein und dann, wenn die Leute gegangen wären, würde der Junge etwas Falsches sagen. Der Vater würde den Gürtel herausziehen, die Mutter würde den Kleinen ins Zimmer bringen, und die Nacht würde lange dauern.

Der Kleine sitzt auf der Decke, die Mama im Garten ausgebreitet hat. Er öffnet einen Stoffbeutel und schüttelt Murmeln heraus.

Wenn du welche verlierst, mach ich dich fertig, sagt der ältere Bruder zu ihm, während er in den Himmel schaut.

Sind sie da oben?

Ja.

Aus dem Haus dringen Stimmengewirr, schallender Applaus und Gelächter, und so weiß der Junge, dass Apollo 11 gelandet ist. Zumindest im Fernsehen. Er sieht durch das Fenster, wie die Gäste einander umarmen.

Und Michael?

Michael bleibt im Raumschiff.

Nein!

Doch, jemand muss drinbleiben. Es können nicht alle drei rausgehen.

Dann soll doch deiner drinbleiben!, rief der Kleine den Tränen nahe.

Sei nicht blöd, das muss so sein. Michael hat eine sehr wichtige Aufgabe. Und bleib auf der Decke beim Spielen, ich brech dir die Knochen, wenn du die Murmeln verlierst.

Michael ist der Beste und Stärkste gleich nach dem von Papa!

Der ältere Bruder hört ihm nicht mehr zu. Er würde gern etwas sehen, irgendetwas. Der Mond sieht für ihn genauso doof aus wie immer. In der Schule hatten sie die Aufgabe bekommen, einen Mann auf dem Mond zu zeichnen. Er zeichnete einen großen Kreis mit ein paar Kratern und darin ein Pünktchen, das einen Mann darstellte. Die Sitznachbarin zeichnete die dümmste Zeichnung, die er im Leben gesehen hatte: Der Mond hatte eine Mütze auf, lachte und hielt einen Mann an der Hand, der größer war als er selbst.

Das hast du nicht gut gezeichnet, sagte er zu ihr. Das Mädchen presste die Lippen aufeinander, schloss fest die Augen und zischte: Deine Zeichnung ist hässlich, du hast nicht mal einen Mann gezeichnet.

Doch, hab ich, der Mann ist das Pünktchen, man sieht ihn nur nicht, weil er zu klein ist im Verhältnis zum Mond. Deine Zeichnung ist voll fürn Arsch.

Das Mädchen weitete die Augen und öffnete den Mund. Sie starrte auf seine Lippen, als versuchte sie herauszufinden, wo dieses fürchterliche Wort herausgefallen war. Dann schaute sie ihre Zeichnung an und fing an zu weinen. Dicke Tränen fielen auf den lachenden Mond und verunstalteten sein Gesicht. Mit dem Pinsel versuchte sie, ihre gelben Tränen einzusammeln, sie innerhalb der Linie zu halten, aber alles war umsonst.

Warum weinst du?, fragte er sie, doch die Lehrerin hatte sie schon bemerkt und kam auf sie zu. Das Mädchen flüsterte ihr etwas ins Ohr, und nach dem Gesichtsausdruck der Frau erriet der Junge schon, was es war.

An diesem Tag ohrfeigte ihn der Vater zuerst so kräftig, dass die Lippe wieder aufsprang. Der Junge sah sein Blut an der Wand unterhalb der Zierteller. Ihm war übel. Er schloss die Augen und versuchte, seinen Atem zu verlangsamen. Er dachte an die Sitznachbarin und ihre verschmierte Zeichnung, während der Vater seinen Gürtel herauszog. Während er ihn schlug, stellte er ihm immer Fragen. Haben wir dich so erzogen? Na, haben wir das, verdammt? Na?

Aber der Junge wusste, dass er nicht antworten durfte, weil das den Vater noch wütender machte. Früher oder später wurde er müde vom Zuschlagen, man musste nur geduldig sein. Das Schlimmste von allem war, dass er noch mehr prügelte, wenn man zu weinen anfing. Heul nur, du Muschi, heul nur!, würde der Vater ihn nachäffen. Mami, du hast eine kleine Muschi zur Welt gebracht, mach ihr doch die Zöpfe auf! Darum hatte der Junge längst aufgehört zu weinen, aber er war sich nicht sicher, ob der Vater deswegen stolz war oder nur noch kräftiger zuschlug.

Nachdem er ihn versohlt hatte, schickte er ihn ohne Abendessen ins Zimmer, doch die Mutter ließ heimlich zwei Teigbällchen und ein Stück Käse auf der Küchentheke für ihn stehen. Auf dem Bett saß der kleine Bruder, voller Angst vor der verprügelten Autorität des älteren Jungen. In den Händen hielt er die Zeichnung des Mädchens.

Es ist schon viel Zeit vergangen. Der Kleine steht von der Decke auf, blickt zum Himmel und winkt.

Die sehen dich nicht, sagt der Bruder zu ihm, sei kein Dummkopf.

Doch, die sehen mich!

Na gut, sie sehen dich. Sie haben nichts Besseres zu tun, als zu dir zu schauen.

Dir rinnt wieder das Blut runter, sagt der Kleine zu ihm und zeigt auf die Lippe. Der ältere Junge hat schon selbst gespürt, dass die Kruste abgegangen war. Er hat sich schon an den Geschmack des Blutes gewöhnt. Aus dem Haus ist wieder Applaus zu hören.

Da schau, sie kommen raus, sagt er und zeigt zum Himmel.

Wo?, schreit der kleine Bruder. Wo? Ich seh sie nicht!

Da oben, siehst du, wo sie geparkt haben. Da ist Armstrong, er läuft.

Ich seh es nicht! Wo?

Ach du kannst das nicht sehen, du bist zu klein.

Ah jetzt seh ich es!

Warum lügst du?

Ich seh es, sie laufen auf dem Mond!

Siehst du, dass Michael Collins im Raumschiff geblieben ist?

Nein, ist er nicht! Er ist nicht drin geblieben!, der kleine Junge stampft mit dem Fuß auf die Erde, seine Lippe zittert. Die Mutter kommt mit zwei geputzten Karotten in der Hand aus dem Haus.

Was hast du ihm jetzt schon wieder getan?, fragt sie den älteren Sohn und reicht ihm eine Karotte.

Ich hab ihm gar nix getan, er ist schon so blöd auf die Welt gekommen.

Sprich nicht so über deinen kleinen Bruder!

Was passiert dort oben? Was haben sie gesagt?

Ach, keine Ahnung, sagt die Mutter, ich höre weder was, noch sehe ich was, diese Leute essen und trinken, als wären sie vor Hunger irgendwo ausgebrochen.

Ist der Papa von dem Mädchen gekommen?

Warum interessiert dich das denn jetzt? Hast du dem Mädel nicht schon genug Scherereien gemacht? Hast du dir die Lippe schon wieder aufgekratzt?

Die Mutter tritt näher und wischt ihm das Blut mit dem Saum ihrer Schürze ab.

Aber ist er wütend?

Wer soll wütend sein?

Na ihr Papa.

Ach nein, lass das jetzt. Und provozier deinen Bruder nicht, ihr zwei habt mir gerade noch gefehlt.

Die Mutter springt über den Schuhhaufen und geht zurück ins Haus. Eine Murmel rollt auf den Jungen zu, und er hebt sie auf. Ich hab dir doch gesagt, dass du auf der Decke spielen sollst, ruft er dem Bruder zu. Aber der kleine Junge schenkt ihm keine Aufmerksamkeit. Er knabbert an seiner Karotte und sieht in den Himmel. Der große Bruder wischt die Murmel mit dem Saum seines T-Shirts ab und schaut sie an. Diese hier ist seine Lieblingsmurmel, mit einem schwarz-grauen Herzen. Er hebt sie hoch vor seine Augen und verdeckt damit den Mond. In der vergangenen Nacht hat er von weiten Kratern geträumt. Er spazierte auf ihnen herum, und sie taten weh. Nicht ihm, er spürte den Schmerz nicht, aber irgendwie wusste er im Traum, dass es weh tat – im Krater zu stehen. Als würde er auf einer Haut voller Wunden laufen. Das Schlimmste in diesem Traum war das Wissen, dass er allein war. Kilometerweit rund um ihn herum gab es nichts und niemanden. Er hätte jahrelang laufen können und wäre keiner Menschenseele begegnet. Auf einmal überfällt ihn die Angst aus dem Traum. Er nimmt die Murmel weg, und der blasse Umriss des Mondes am Himmel kommt wieder zum Vorschein.

Und werden die jetzt da oben wohnen?

Wer soll wo wohnen?

Na Michael und diese anderen. Auf dem Mond.

Nein, man kann nicht auf dem Mond wohnen.

Aber warum sind sie dann dort hingeflogen?

Um zu forschen.

Und wenn sie fertig geforscht haben, dann kommen sie zurück nach Hause?

Forschen. Ja, das ist der Plan. Niemand kann auf dem Mond bleiben, sagt der Junge zu seinem Bruder und wirft die Murmel zurück auf die Decke. Der

Vater hat ihm diese Murmeln zum Schulbeginn gekauft. Wo ist denn mein Primus, lass dich ansehen. Er umarmte ihn. Die Umarmungen des Vaters taten immer weh. Die Mutter war zärtlicher, aber der Vater meinte, sie würde sie verhätscheln. Warum hatte sie auch Söhne zur Welt gebracht, wenn sie sie nicht erziehen konnte?

Du hast sechsundzwanzig Murmeln, sagt der Kleine zu ihm, der erst vor kurzem gelernt hat, über zehn zu zählen.

Nein, es sind siebenundzwanzig. Zähl noch mal nach.

Au weia, ich hab diese schwarze hier vergessen. Eins … zwei …

Du musst nicht noch mal, zähl nur die eine dazu …

Es nützt nichts, der Kleine zählt wieder alles von vorn. Der ältere Junge geht zum Fenster und linst hinein. Das Wohnzimmer ist voll. Leute sitzen auf dem Sofa, auf Stühlen und sogar auf dem Boden. Der Vater ist in der Mitte, auf einem kleinen Hocker. Vor lauter Leuten sieht man den Bildschirm nicht. Er sieht nicht einmal die Mutter. Er schließt die Augen und saugt an der blutigen Lippe.

Wieder sechsundzwanzig!, ruft der Kleine.

Weil du nicht zählen kannst, sagt der ältere Bruder, kehrt zur Decke zurück und reicht ihm die Murmel mit dem schwarz-grauen Herzen.

Aber wie geeeht daaas? Gerade eben war die noch da!

War sie nicht, das kam dir nur so vor.

Doch, du hast sie auf die Decke geworfen!

Wenn ich es dir sage, dann war es kein Trick.

Der Kleine fängt wieder zu zählen an. Der Junge setzt sich neben ihn auf die Decke. Während er sich zu Boden sinken lässt, spürt er den Schmerz in den Rippen. Er weiß, dass der Schmerz ein gutes Zeichen ist. Sobald er feststellt, dass ihm nichts weh tut, dass seine blauen Flecken weg sind und die Lippe verheilt ist, bedeutet das, dass ihn der Vater schon lange nicht mehr geschlagen hat und ihm bald eine neue Runde blüht. Er schaut seinen kleinen Bruder an. Sechs Jahre. Ist auch er so klein gewesen, als er sechs war? Die Haut des Kleinen ist rein und unberührt. Wie eine Murmel. Aber Murmeln sind fest, der Kleine nicht. Er wird weinen, wenn ihn der Vater zum ersten Mal verprügelt. Er wird nach Mama rufen, bluten und voller blauer Flecken sein. Dann wird er ihn noch mehr verprügeln. Der ältere Junge hat schon gelernt, wie er sich positionieren, wie er atmen, wie er schweigen muss. Der Kleine ist dumm, der Vater wird ihn zu Tode prügeln. Und das wird bald geschehen.

Die beiden Jungen sitzen auf der Decke und schauen zum Himmel. Oben ist der Mond, und auf ihm verstreut sind Löcher. Armstrong und Aldrin sammeln Gestein und Staub. Wenn sie alles gesammelt haben, was sie brauchen, kehren sie zu Collins zurück und fliegen zurück nach Hause. Auf dem Mond wird wieder völlige Ruhe herrschen. Vollkommene Leere. Der ältere Junge hört sie fast. Die stille Leere des Mondes. Er kann nicht allzu lange sitzen, weil ihm die Rippen sonst weh tun. Aus dem Haus hört man erneut Applaus. Für wen klatschen sie nur, fragt er sich. Die da oben können sie sicher nicht hören. Auch der Kleine klatscht mit seinen zierlichen weißen Händen. Wie klein doch diese Hände sind. Die Murmeln fallen ihm dauernd auf die Decke.

Der große Junge hebt den Daumen Richtung Mond. Er sieht zum Haus, zum Fenster, an dem Mutters Pflanzen stehen. Dann wendet er die Augen zum Himmel. Jetzt tun seine Arme und die Beine und die Lippe und die Rippen weh. Alles tut ihm auf einmal weh, als ob sich der Körper erst jetzt daran erinnerte, dass er verprügelt wurde. Der Junge schließt die Augen. Er fühlt den Geschmack von Blut im

Mund, auf der Zunge. Er schluckt das Blut. Rund um ihn ist Finsternis. In der Finsternis ist ein riesiger, unermesslicher Krater. Darin ist ein kleiner Mann. Der Junge beruhigt den Atem, und der Schmerz klingt langsam ab. Er öffnet die Augen. Die Mutter kommt wieder aus dem Haus. Sie ist verwirrt.

Habt ihr Papa gesehen?

Nein, sagt der Kleine. Er legt die Murmeln in den Beutel zurück, konzentriert, eine nach der anderen.

Mein Sohn, hast du ihn gesehen?, fragt sie den älteren Jungen.

Hab ich nicht, Mutter.

Herrgott nochmal, gerade war er doch noch dadrin … Liebling!, schreit sie und geht hinters Haus in Richtung Hof. Liebling!

Deine Lippe blutet schon wieder, sagt der kleine Bruder. Sie blutet ganz viel. Es tropft schon auf dein T-Shirt.

Liebling!, ist wieder die Mutter zu hören. Sie kommt aus dem Hof zurück in den Garten vor dem Haus. Herrgott nochmal, dieser verrückte Mann … Habt ihr ihn bestimmt nicht gesehen?

Der Junge sieht zum Himmel. Er spürt, dass ihm das Blut von der Lippe tropft, doch der Schmerz in den Rippen ist verschwunden.

Komm, sagt er zum Kleinen. Komm hierher.

Der Kleine steht von der Decke auf und kommt zum Bruder, der mit dem Finger zum Mond zeigt.

Dort, Kleiner.

Was?

Wink mal.

Der Kleine lächelt und winkt. Er schüttelt seine kleine Hand, so fest er kann.

Das war alles, was er wollte.

LETZTES ABENDMAHL

Heute Abend wird sie sterben. Wir wissen das noch nicht. Wir sind sauber, riechen nach *Merima-Kruševac*-Seife und Papas Kölnisch Wasser. Wir sind gebügelt, so sagt das Mama, dabei bügelt sie nicht uns, sondern die Hemden. Wenn sie uns nebeneinander vor den Spiegel stellt, sehen wir darin aus wie Esel, die auf die Beerdigung eines vierten, hübscheren Esels gehen. Meine Männleins, sagt Mama, während sie uns die Fliege zurechtzupft und die Stirnfransen mit Spucke glatt streicht. Männleins, Männleins, und uns ist das immer irgendwie peinlich. Mama hat dieses eine gelbe Kleid angezogen, das uns auch peinlich ist. Der dunkle Fleck unterhalb ihrer Achsel ist uns peinlich. Mama riecht wie Burek mit Maiglöckchen. Burek mit Maiglöckchen gibt es nicht, aber wenn es ihn gäbe, würde er wie Mama riechen. Irgendwas zwischen Zwiebel und Blume. Das gelbe Kleid ist uns auch deshalb peinlich, weil darin Mamas Brüste eine kugelrunde Form bekommen und nach oben rausgedrückt werden. Dann beugt sich Mama über den Tisch der Großtante, um nach der Soße oder dem Salat zu greifen, und wir müssen wegschauen, etwas anderes anschauen – den Kronleuchter, die Gardinen, das Muster auf der Tischdecke, die Karotte in der Suppe – alles, um nicht Mamas Busen zu begegnen.

Männleins, meine Männleins, sagt sie zu uns, während sie ihre Unterhosen und Strumpfhosen hochzieht und sich die Taille zurechtrückt. Dann geht sie raus auf den Balkon, um ein paarmal zu furzen, und denkt, wir kriegen das nicht mit.

Papa ist währenddessen im Flur. Er rasiert sich in letzter Minute, Mama hat ihn dazu gezwungen. Du würdest ja sogar vor den Herrgott noch unrasiert hintreten! Das sagte sie immer zu ihm, wenn sie irgendwo hingingen. Also zieht sich Papa sein Oberteil aus, setzt sich auf den dreibeinigen Hocker vor dem Spiegel im Flur, stellt vor sich die Waschschüssel mit warmem Wasser hin und seift sich das Gesicht ein. Wir rasieren uns noch nicht, wir sind zu klein, aber wir schauen Papa gerne dabei zu. Das Rasiermesser ist scharf, und wir dürfen es nicht anfassen. Papas Hände sind schnell, flink und bringen langsam seine gelbliche Haut zum Vorschein. Am Ende sind wir immer überrascht über seine kleinen Lippen, die vom Bart umgeben mächtig und groß gewirkt hatten. Wir schauen das Wasser in der Schüssel an, darin schwimmt weißer Schaum voll von Papas Haaren, den Mama nachher in die Kloschüssel schüttet. Jedes Mal ist es, als schüttete sie damit auch den halben Vater weg. Der Mann, der für das Abendessen bei der Großtante bereit ist, ist immer ein wenig kleiner, ein wenig sauberer und leiser als unser Papa. Auch der ist uns peinlich, wenn auch anders als uns Mamas gelbes Kleid peinlich ist. Der Vater ist uns wegen seiner Gehorsamkeit, die nach Kölnisch Wasser riecht, peinlich. Es ist immer das Gleiche, wenn wir zum Abendessen bei der Großtante gehen: Von Mama ist plötzlich zu viel da und von Papa zu wenig, und dieses gestörte Gleichgewicht mögen wir nicht.

Heute Abend wird sie sterben, aber wir wissen das noch nicht, obwohl wir in jeder Geschichte über die Großtante auch die Geschichte über ihren Tod gehört haben. Solange wir uns erinnern können, reden Mama und Papa über den Tag, wenn *die gute Frau den Löffel abgibt*. Dass die Großtante sterblich ist, war uns wahrscheinlich früher bewusst, als wir überhaupt begriffen, dass Menschen sterblich sind. *Wenn die den Löffel abgibt,* sagt Mama, und dann reiht sie

Beschreibungen des verheißenen Lands, von Zeiten der Ruhe und des Friedens, von auf Porzellantellerchen servierten Brandteigkrapfen, von Satinbettwäsche und bunten Teppichen aneinander. Andere Kinder warten auf den letzten Schultag und hoffen, dass er etwas in ihrem Leben verändert. Unser Abschluss ist der Tod der Großtante, und darauf wurden wir vorbereitet, seitdem wir Mamas Bauch verlassen haben. Wir wissen, auch eher intuitiv als auf irgendeine andere Weise, dass es eine Großtante aus Mamas Geschichten gibt und eine Großtante, zu der wir manchmal zum Abendessen gehen. Die erste ist eine alte Schreckschraube, die keinerlei Anstand hat, endlich zu sterben. Die zweite ist unseres Respekts würdig, unserer Krawatten und abgeleckten Stirnfransen, Mamas gelben Kleids und Papas Rasur. Ebenso wissen wir, dass ihr Tod irgendetwas mit unserem Besuch zum Abendessen zu tun hat und dass es von einer erfolgreichen Darbietung abhängt, wie viel Glück uns ihr Löffelabgeben bringen wird. Mama bereitet uns immer auf die gleiche Art vor: Zuerst ist sie wütend auf uns, wegen allem, was wir in der Zukunft falsch machen würden. Wenn ich euch nur höre, wie ihr die Suppe schlürft, versohl ich euch wie wild gewordene Kälber! Wehe, es fällt euch ein, der Frau ins Wort zu fallen, dann könnt ihr euch was anhören, wenn wir nach Hause kommen! Reißt euch zusammen und geht nicht wieder während des Essens scheißen wie damals, ihr werdet eine Woche nix zu essen kriegen, und dann schauen wir, wann ihr wieder scheißen könnt! Wir nicken nur und bemühen uns, uns alle Anweisungen einzuprägen, bevor wir bei der Großtante ankommen. Wir küssen Hände, vom Ältesten bis zum Jüngsten. Wir sagen: Guten Abend, liebes Tantchen. Wir setzen uns gleichzeitig zu Papas rechter Seite an den Tisch und breiten weiße Servietten über unseren Schoß. Wenn ich nur einmal eure Ellbogen auf dem Tisch sehe, werdet ihr den Tag verfluchen, an dem sie das Licht der Welt erblickt haben! Doch später, kurz vor der Abfahrt, ist sie wieder gutmütig, sieht uns an – gebügelt, gekämmt, nach *Merima Kruševac* duftend – und sagt mit weinerlicher Stimme immer wieder: Männleins, Mamas Männleins! Als ob wir unseren Schulabschluss gemacht hätten.

Papa schaut uns nicht lange an. Schauen ist Mamas Sache. Sie weiß am besten, wie man mit uns umgehen muss. Papa duscht, rasiert sich und legt Parfüm auf. Er holt einen kleinen schwarzen Kamm hervor, reibt ihn mit Rosenöl ein und zieht ihn langsam durchs Haar, bis er auf der rechten Seite des Kopfes über der glänzenden kahlen Stelle zum Stillstand kommt. Wir berühren ihn nicht, denn er spielt heute Abend die Hauptrolle. *Tantchens Liebling*, so nennt ihn Mama. Ihm geht das offensichtlich auf die Nerven, aber er antwortet nichts darauf. Leise geht er seine Vorbereitungen auf die Szene durch. Wir stehen dabei, als ob es uns gar nicht gäbe. Mehr Aufmerksamkeit widmet er der dunkelroten Satinkrawatte.

Das Ritual ist immer das gleiche, nur dass heute Abend etwas Neues und Unerwartetes passiert: Mama nimmt Papas Kölnisch Wasser, zieht den schweren gläsernen Stöpsel mit dem Gummihals aus der Flasche und sagt, wir sollen näher kommen. Sie deckt die Öffnung mit den Fingerkuppen ab, kippt die Flasche und streicht dann mit dem befeuchteten Zeigefinger über unsere Hälse. Schon wieder müssen wir uns besonders bemühen, ihre Brüste nicht anzusehen. Mmmmm, ruft sie aus. Jetzt seid ihr erst richtige, duftende Männleins!

Die Vorbereitungen beginnen ein paar Stunden früher, damit wir nicht zu spät kommen. Die Großtante hasst Zuspätkommen. Aber noch mehr als das hasst sie es, wenn wir zu früh kommen. Während wir fahren, schaut Mama auf die Uhr, und manchmal ruft sie: Himmel, wir sind zu früh! Dann parkt Papa zwei Blocks weiter und wartet. Mama klappt die Sonnenblende herunter und putzt sich Lippenstift von den Schneidezähnen. Manchmal holt sie eine Pinzette aus der Tasche, um irgendein Härchen oberhalb der Lippe oder am Kinn auszureißen. Nach ein paar Minuten schaut sie wieder auf die Uhr und sagt: Jetzt ist gut, fahren wir. Papa sagt während der Fahrt nichts, er startet nur das Auto und stellt es ab nach Anweisung, unter Mamas gelegentlichem *Tantchen liebt ihn heiß, hihihi.*

Pünktlich um acht Uhr fährt Papa durch das große Tor und parkt vor dem Haus. Wir drei stehen nebeneinander vor der Tür, unsere Eltern hinter uns, mit den Händen auf unseren Schultern. Danach drückt Mama den Klingelknopf, dessen Lautstärke uns immer von neuem überrascht, und dann warten wir darauf, dass sich die Tür öffnet und uns ein Schwall schweren Parfüms der Großtante erfasst.

Heute Abend wird sie sterben. Wir wissen das noch nicht, und sie weiß es auch nicht. Sie reicht uns die verschrumpelte Hand voll geweiteter Venen und Knoten, wir halten sie der Reihe nach an unsere Lippen und können es kaum erwarten, dass sie sich umdreht und wir uns am Ärmel abwischen können. Diese Hand wird in vier Stunden die kalte Hand einer Toten sein. Das Blut in ihren geweiteten Venen wird zum Stillstand kommen. Die Haut wird bläulich-weiß werden. Aber darüber denken wir nicht nach, während wir sie ganz leicht küssen und ihre trockene Haut an unseren Lippen spüren wie etwas, das die leichte Bewegung einer Gabel vom Fleisch trennen könnte. Danach küsst die Tante die Luft neben Mamas Kopf und umarmt Papa ganz fest. Ihre Handfläche ist an seinem Nacken – Mama wird ihm später heimlich die Frisur wieder zurechtmachen.

Ach, welch hübsche Gardinen Sie hier haben, liebe Tante … Jedes Mal schaue ich sie an und kann mich nicht an ihnen sattsehen, sagt Mama mit dünner Stimme, als wir das Speisezimmer betreten.

Marseille, sagt die Tante, also denken wir, dass die Gardinen etwas mit dem Mars zu tun haben, aber was genau, bleibt uns ein Rätsel. Wir finden die Gardinen hässlich. Genau wie den riesigen kristallenen Kronleuchter, der über dem Esstisch hängt wie ein schauriger Birnbaum. Hässlich finden wir auch die großen Gobelins, die an den Wänden hängen – wir verstehen nicht, warum irgendjemand ein *Bild nähen* wollte. All diese gestickten Äpfel, Rosen, Rehe und Bauersfrauen tragen dazu bei, dass es bei der Großtante immer irgendwie heiß und muffig ist. Während wir ihr langsam folgen (sie hinkt auf dem linken Bein, also dauert das immer unendlich lange), schauen wir uns am liebsten die Vitrinen an, in denen haufenweise Figürchen aller Art stehen – Hirten,

Soldaten, Engel und Hunde –, mit denen wir nicht spielen dürfen. Das ist das Einzige, das wir aus dem Haus der Großtante wollen – diese Spielzeuge aus Keramik in allen Farben und Größen und alle Spiele, in denen diese mitspielen könnten, wenn nur die Großtante nicht die langweiligste Frau auf der Welt wäre. An diese kleinen Figuren denken wir jedes Mal, wenn Mama *kann die nicht endlich mal den Löffel abgeben* sagt, denn uns ist sonnenklar, dass all das – einschließlich der Gardinen, Kronleuchter und Gobelins, die uns schnurzegal sind – eines Tages uns gehören wird. Eines Tages werden wir die in den Messingschlössern schlafenden Schlüsselchen umdrehen und die Türen aller Vitrinen in diesem Haus öffnen. Eines Tages werden wir auswählen können, wer von uns welche Figur bekommen wird. Wir werden auch eine davon kaputt machen können, ohne Angst, dass die Großtante uns anschreit. Denn die Großtante wird bald sterben, und es wird ihr einerlei sein, ob wir die ganze Keramik in ihrem Haus kaputt schlagen.

Bei Tisch sitzen wir immer an denselben Plätzen – Papa an der Stirnseite, die Großtante ihm gegenüber. Mama sitzt immer allein an der Seite, flach an die Wand gedrückt, so dass sie jedes Mal, wenn sie sich zu ihrem Stuhl durchzwängt, den Bauch einziehen und aufpassen muss, nicht zufällig einen Gobelin herunterzureißen. Wir drei sitzen auf der anderen Seite gegenüber von Mama, zwischen Papa und der Großtante der Reihe nach vom Größten zum Kleinsten. Es hätte mehr Sinn, wenn einer von uns neben Mama sitzen würde, doch wann immer wir kamen, war auf ihrer Seite des Tisches nur ein Teller und ein Besteck für das Abendessen gedeckt. Sie scheint das nicht zu stören. Sie liebt es, uns alle drei so vor sich zu sehen, um uns vorwurfsvolle Blicke zuwerfen zu können, wenn wir zu laut essen oder den falschen Löffel fürs Dessert nehmen.

Das Abendessen serviert ein Mädchen, zu dem niemand irgendetwas sagt. Sie ist klein, bald würden wir über sie hinauswachsen, und sie trägt immer das gleiche blaue Kleid und einen kleinen Pferdeschwanz voll grauer Haare. Sie hat riesige Augenbrauen, die fast in der Mitte zusammenwachsen, und nur einmal haben wir sie etwas sagen hören – als sie versehentlich mit dem heißen Topf Mamas Oberarm gestreift und sich entschuldigt hat, bis sie die Großtante aus dem Speisezimmer geschickt hat. Manchmal fragen wir uns, ob wir, wenn die Großtante den Löffel abgibt, zusammen mit den Figürchen aus der Vitrine auch das Mädchen bekommen würden. Wenn es dazu kommt, werden wir sie zuerst zwingen, sich die

Augenbrauen zu zupfen, die Haare zu färben und ein schöneres Kleid anzuziehen. Wenn sie nicht will, dann können wir sie davonjagen, denn dann gehört sie uns, und wir können mit ihr machen, was immer wir wollen.

Die Stille bei Tisch bricht üblicherweise Mama, um alles zu loben, was ihr so einfällt – die Suppe, die Karotte in der Suppe, das Huhn in der Suppe, den Teller, den Rand des Tellers, den Löffel, den Griff des Löffels, die Tischdecke, den Saum der Tischdecke, bis hin zum Saum des Kleids der Großtante, die so aussieht, als wäre sie in eine Bettdecke gewickelt. Heute Abend wird sie sterben, und jemand wird die länglichen Knöpfe aufknöpfen, die toten Hände durch die Ärmel ziehen und der toten Großtante das Kleid ausziehen müssen. Sie weiß nicht, dass sie heute sterben wird, sonst hätte sie vielleicht ein schöneres Kleid angezogen und schöneren Schmuck angelegt. Die Tischdecke ist gewöhnlich, die Teller sind die gewöhnlichsten, die es gibt, auf dem Tisch gibt es kein silbernes Essbesteck, außer dem Set für Salz, Pfeffer, Essig und Öl, das immer dasselbe ist. Heute Abend ist es ihr egal, weil sie nicht weiß, dass sie sterben wird. Auch wir wissen es nicht, obwohl wir uns ihrer Sterblichkeit viel bewusster sind als sie selbst.

Selten sagt die Großtante etwas während des Abendessens, ausschließlich zwischen den Speisen – nach der Vorspeise oder vor der Nachspeise. Sie wendet sich nur an unseren Vater, sogar wenn sie ihn etwas über uns drei fragt. Hast du sie impfen lassen? Sind sie gut in der Schule? Treiben sie Sport? Papa setzt immer an zu antworten, halb verwirrt auf sein Essbesteck schauend, dann springt Mama bereitwillig ein. Musterschüler! Spitzensportler! Kerngesund! Wenn Mama über uns spricht, schaut sie uns an, nicht die Großtante. Sie erzählt ihr von unseren Einsen, von denen es nicht viele gibt, aber es findet sich doch mitunter eine, über die es sich länger und lauter zu berichten lohnt als über die anderen Noten. Mama schaut uns am liebevollsten an, wenn sie mit der Großtante spricht. Dann sind wir in ihren Worten wie in ihren Augen am klügsten, am geschicktesten und am schönsten. Auch wir sind fast wie die Figürchen – herausgeputzt und poliert – einer Vitrine im Wohnzimmer würdig.

Heute Abend gibt es Schokokuchen zum Dessert, worüber wir uns besonders freuen. Manchmal ist die Großtante eine Hexe und serviert uns Quittenstücke oder, noch schlimmer, Weintrauben. Aber heute hat das Mädchen Schokokuchen mit Kirschen gebacken, und das ist ein seltener wahrer Genussmoment während des Besuchs bei der Großtante. Wir geben uns mächtig Mühe, den süßen schwammigen Teig nicht in zwei, drei Happen zu verschlingen, denn dann würden wir uns bekleckern, und Mama würde uns den ganzen Heimweg über anschreien, was für Schweine wir sind. Wir essen langsam, Stückchen für Stückchen, und beten darum, dass das Mädchen daran denkt, uns den Rest des Kuchens in Alufolie einzupacken. Wir dürfen sie nicht darum bitten, denn das wäre unhöflich. Sie muss von selbst daran denken.

Nach dem Abendessen gehen wir ins Wohnzimmer hinüber. Die Großtante nennt es Salon. Dort bringt das Mädchen dann Kaffee und Saft. Das ist der langweiligste Teil – wir müssen auf dem großen Dreiersofa sitzen, halten Holundersaft in der Hand und hören dem Gespräch der Erwachsenen zu. Mama fängt immer an, Papa schaltet sich da und dort mit einem Kommentar ein, und die Tante hört zu, schaut und zeigt hin und wieder durch die Augenbrauen, dass sie ein Teil der Konversation ist. Oft schaut sie uns und unsere Anzüge und Schuhe an. Das hier ist das einzige Haus, in dem wir uns nicht die Schuhe ausziehen – das macht man bei Reichen nicht. Das Mädchen wird sowieso hinterher alles sauber machen, und es gehört sich nicht, dass die Großtante unsere Socken sieht. Abgesehen davon, dass wir nach Papa riechen, ereignet sich heute Abend noch eine Abweichung vom Gewohnten – die Großtante trinkt den Kaffee aus, stellt die Tasse auf dem Tischchen neben ihrem Sessel ab und spricht uns direkt an. Jungs, möchtet ihr sehen, wo eure Tante schläft?

Mama beginnt daraufhin zu zappeln, sie ist aufgeregt, nie zuvor hatte die alte Frau Interesse an uns gezeigt. Selbstverständlich, antwortet sie, selbstverständlich möchten sie, kommt schon, seid ihr festgewachsen, geht mit eurer Tante mit!

Sie sind schon müde, sagt Papa leise, und Mama sieht ihn so scharf an, dass vor ihrem Blick fast die Vitrinen klirren.

Seid ihr müde?, fragt uns die Großtante. Wir schauen Mama an, sie würde uns umbringen, wenn wir diesen Augenblick kaputt machen. Dann schütteln wir den Kopf. Nein, wir sind nicht müde.

Wir steigen hinter der hinkenden alten Frau im Bettdeckenkleid die Treppe hinauf. Noch nie zuvor waren wir im ersten Stock. An der Wand neben der Treppe hängen viele schwarz-weiße Fotos. Eines dieser Gesichter ist wahrscheinlich ihres, aber wir haben keine Zeit, um stehen zu bleiben und sie genauer zu studieren. Müde nach der letzten Stufe taumelt die Tante bis ans Ende des Flurs und dreht den Schlüssel in einem großen vergoldeten Schloss. Sie öffnet die Tür einen Spaltbreit, so dass wir das Licht einer Tischlampe und ein Tischchen voll Schachteln, Cremes und Fläschchen sehen.

Hinein, sagt sie, und wir zwängen uns einer nach dem anderen zwischen ihr und dem Türstock hindurch. Dann schließt sie die Tür und humpelt mit Schweiß auf der Stirn zum Bett. Einige Augenblicke lang schauen wir uns im Zimmer um. Da gibt es nichts Spezielles – die gleichen alten Möbel wie überall im Haus, schwere grüne Gardinen, ein paar große Lampen, eine Kommode mit vielen Schubladen, von denen jede ihr eigenes Schlüsselchen hat, ein Schmink- und Frisiertischchen mit Stuhl, einen großen Spiegelschrank und schließlich ein breites Bett und sie, die immer noch leicht außer Atem auf dessen Rand sitzt.

Gefällt es euch bei der Tante?, fragt sie uns ernst. Wir nicken. Wir müssen uns alles einprägen, weil uns Mama sicher nachher nach den Details fragt.

Auch die Tante hat es gern, wenn ihr zu Besuch kommt. Kommt setzt euch zu eurer Tante, sagt sie und zeigt zu ihrer linken und rechten Seite auf das Bett. Du, der Kleinste, kannst auch auf den Schoß, fügt sie hinzu und lächelt. Es ist das erste Mal, dass wir die Großtante lächeln sehen. Ihre Zähne sind weiß, weißer als die von Mama und Papa, aber irgendwie groß, zu breit für ihren kleinen Mund.

Gehorsam gehen wir zur Tante und setzen uns so hin, wie sie es uns gesagt hat. Sie streichelt unsere Köpfe und streicht unser Haar hinter die Ohren.

Wie hübsch ihr seid, meine Lieben. Und so schön duften tut ihr. Auch euer Papa war ein wundervoller Junge, müsst ihr wissen, sagt die Tante, während sie die länglichen Knöpfe durch die kleinen Löcher am Kleid fädelt. Wir haben noch nie so viele Wörter von ihr gehört, wir wissen nicht, wie wir uns verhalten sollen. Dann holt sie die Brüste aus dem BH, der ihr fast bis zum Bauch reicht.

Meine braven Jungs, eure Tante hat euch sehr lieb, sagt sie flüsternd, und dann nimmt sie unsere Hände, eine, die zweite, die dritte, und legt sie auf ihre haarigen, grauen Brustwarzen. Unter der Handfläche spüren wir die vertrocknete Haut und eine längliche Ausbuchtung.

Schaut mal, sagt sie, all das hier wird eines Tages euch gehören. Dann schließt sie die Augen und zieht uns noch näher an sich, unsere Hände immer noch an ihren Brüsten. Alles hier wird eines Tages euch gehören, weil ihr sehr, sehr brav seid. Sie wiederholt das unendlich oft, als ob sie uns damit sagen wollte, dass uns auch ihre Brüste einmal gehören würden, wenn sie stirbt.

Uns wird das langsam unangenehm. Wir wussten nicht, dass uns die Großtante so sehr lieb hat. Mama würde sich sicher freuen, wenn sie das erfährt, aber wir schämen uns, vor Mama das Wort *Brüste* auszusprechen. Dann sind auf einmal von irgendwo unten Türgeräusche zu hören – das Mädchen muss die Terrassentür etwas fester zugemacht haben –, und die Großtante zuckt zusammen und stößt uns von sich. Sie sieht uns an, als sähe sie uns zum ersten Mal, versteckt die Brüste wieder im BH und fädelt die Knöpfe durch die kleinen Löcher, bis sie wieder ganz zugeknöpft ist.

Also gut, jetzt habt ihr das Zimmer gesehen, sagt sie fast verärgert. Sie steht unter Anstrengung auf, wir müssen sie stützen. Dann streicht sie uns die Haare glatt, einem und dem Zweiten und dem Dritten, und zeigt auf den Gobelin über dem Bett. Darauf ist ein junger Hirte mit einer Flöte.

Und auch dieser Gobelin. Der ist von meinem Vater. Mein lieber, armer Papa ... Auch der wird euch gehören. Alles wird euch gehören.

Sie winkt mit einem Arm durch den ganzen Raum und geht dann zurück zur Tür.

Heute Abend wird sie sterben. Ihr Herz wird stehenbleiben, während sie die Gesichtscreme aufträgt. Das Mädchen wird kurz nach Mitternacht Papa anrufen, um ihm all das zu erzählen. Papa wird den Hörer auflegen und sich aufs Sofa setzen, im Dunkeln, zu Boden starrend. Lange wird er nichts sagen. Immer noch wird in seinem Haar das Rosenöl glänzen.

Aber all das wird später passieren, einige Stunden danach. Jetzt ist sie immer noch am Leben. Sie schleppt sich vor uns die Treppe hinunter, zurück Richtung Wohnzimmer. Diesmal schauen wir nicht die Fotos an, sondern folgen ihr wortlos, gebremst durch ihr Humpeln. Wir betreten den Salon, dort sind unsere Eltern. Mama sieht uns aufgeregt an, voller Erwartungen. Nie war sie stolzer auf uns. Papa aber betrachtet uns stumpf, sein Ausdruck ist fast keramisch. Einen Moment lang sieht er aus wie eine der kleinen Figuren in der Vitrine.

Die Großtante geht zu ihrem Sessel zurück und schafft es mühevoll, sich hinzusetzen. Und so schauen wir uns alle eine Weile lang an und schweigen. Dann kommt das Mädchen mit einem kleinen Paket in den Händen herein. Sie hat uns Schokokuchen zum Mitnehmen eingepackt.

GOTT AUS HONIG

Mutter tötet Ameisen. Sie kommen aus allen Richtungen: Sie krabbeln aus der Kommode, schlüpfen durch den Sprung an der Fensterscheibe, schlafen in den Schubladen. Das Mädchen schaut ihnen zu, während es frühstückt. Ameisen sind Krümel und eine Linie und dann wieder Krümel. Sie sind schnell und verängstigt. Sie haben eine Idee. Eine Idee von etwas, eine Idee, dass etwas. Ihr Etwas scheint wichtig zu sein. Das Mädchen will nicht, dass die Ameisen sterben. Wir müssen in den Hof, sagt Mutter, wir müssen ein Haus für sie finden. Sie trägt Kaffeesatz in einer Plastiktüte. Sie hat ihn lange und fleißig gesammelt, ihre Munition. Das Mädchen sieht jeden Morgen seinen Eltern zu, wie sie Kaffee trinken und wie die Mutter danach den Satz aus der Tasse in die Tüte kratzt. Daran ist nur diese Hexe schuld, sagt Mutter. Ich hab gesehen, wie sie im Hof Essen weggeworfen hat. So nennen sie die Nachbarin. Und das Mädchen stellt sich dann vor, wie im Haus dieser Frau Millionen Insekten leben und wie sie sie abends vor dem Schlafengehen zudecken, sie sich alle zu einer großen Ameisendecke verbinden und ihre Gebieterin beschützen. Mutter sammelt den Kaffeesatz und sagt: Hexe, Hexe; Vater trinkt Kaffee und sagt: Ja, ja. Das Mädchen beobachtet hauptsächlich und hört zu. Du warst ein stilles Kind, würden sie zu ihm sagen, wenn es groß ist.

Es beobachtet, wie der Kaffeesatz auf den Ameisenhaufen fällt. Die Ameisen bewegen sich auf den Geruch zu, erklärt ihm die Mutter, der Kaffee verwirrt sie, so dass die Jungen sterben, weil sie nicht zurückfinden. Sie sagt das fröhlich, während sie den schwarzen Schnee über das Ameisenleben rieseln lässt. Das Mädchen denkt an die Kinder, klein und erschrocken, wie sie sich zwischen den Grashalmen verirren, wie sie vergeblich nach der Baumrinde tasten, die ihnen nichts mehr sagt, wie sie müde und hungrig auf dem trockenen Boden umfallen. Dann sterben sie, und der Wind trägt sie davon.

Als die Mutter irgendwo anders ist, nimmt das Mädchen ein Glas Honig und trägt es nach draußen, zum Ameisenhaufen. Wenn es einen Weg aus Honig macht, der vom Haus zum Ameisenhaufen führt, dann würden die Jungen vielleicht überleben. Kann Honig den Kaffeesatz besiegen? Das geht, wenn genug davon da ist, denkt das Mädchen. Denn die Ameisen waren vor ihnen da. Die Ameisen haben keinen Kaffeesatz über ihrem Haus ausgeleert. Sie würde sie retten. Die verirrten Kinder würden aufwachen, wenn sie den Honigduft einatmen. Sie würden fressen und nach Hause zurückkehren. Sie würde ihre Göttin sein. Niemand würde das wissen, nicht einmal die Ameisen. Und das ist in Ordnung für das Mädchen – ein wenig Güte, über die man nicht spricht. Hauptsache, sie sterben nicht.

Dann regnet es, und der Regen verschlingt den Honig im Hof. Er verschlingt auch die Ameisenhaufen und überschwemmt die Ameisengräber. Vater sagt: Das ist Gott, der über uns Sünder weint, also streckt das Mädchen die Zunge heraus und trinkt Gottes Tränen. Sie sind nicht salzig wie ihre. Gott und ich haben nicht die gleichen Tränen, denkt sie. Seine sind kalt, süß und staubig. Seine Tränen töten Ameisen, wie der Kaffeesatz. Wenn Gottes Tränen durchs Fenster hereinkommen, ist der Parkettboden ruiniert, und dann streiten sich Mutter und Vater. Manchmal ist Gott auch wütend, und dann donnert es. Mutter erzählt ihr von der großen Sintflut, in der die Leute ertrunken sind, und dass ein Mann für sich eine Arche gebaut und sie mit Tieren beladen hat. Dem Mädchen jagt die Geschichte Angst ein. Sie denkt an alle Kinder, die in dem unendlichen Meer ertrunken sind, während von dem Schiff die Kühe muhten. Wie viele Kinder hätten anstelle einer Kuh auf die Arche gepasst? Mutter sagt, dass es nicht an ihnen ist, den Willen Gottes zu hinterfragen, sondern frei von Sünde zu leben. Das Mädchen stellt sich die Sünde wie einen Schlamm vor, der einen schmutzig macht, wenn man nicht achtgibt, und dass man besser Gummistiefel trägt, wenn Gott weint. Hatten die Kinder auf der Arche Gummistiefel? Taten ihnen die anderen Kinder leid, die ertrunken waren? Und warum war es wichtig, Mücken oder Kakerlaken zu retten? Das Mädchen hasst Mücken, es ist gegen ihre Stiche allergisch. Abends streicht Mutter ihm eine Salbe über die heißen, roten Male und möchte ein *Gegrüßet seist du Maria* von ihm hören. Das Mädchen betet es schnell herunter, denn es ist nicht erlaubt, sich zu kratzen, während man betet, die Mutter Gottes würde dann wütend werden. *Du bist gebenedeit unter den Frauen.* Warum hat dann Noah die Mücken gerettet? *Und gebenedeit ist die Frucht deines Leibes.* Ihn haben sie sicher nicht gestochen.

Sie fragt Vater, warum Gott die Kinder ertränkt hat, und Vater sagt zu ihr, dass alle Kinder sündig sind, bevor sie getauft werden, weil sie von sündigen Eltern geboren werden. Das Mädchen fragt ihn nach den Ameisen, nach Mutters Sünde. Dem Schlamm auf Mutters Händen. Der Vater lacht. Das sind nur Ameisen, mein Kind. Dann betet er mit ihr ein Gute-Nacht-Gebet und macht die Lampe aus, obwohl sie gebeten hat, dass er sie eingeschaltet lässt. Bald gehst du zur Schule, sagt er. Du bist kein kleines Mädchen mehr. Gut, sagt sie. Aber mach die Tür nicht ganz zu. Das Mädchen liebt den Spalt, der zwischen ihr und den Eltern eine Verbindung herstellt, selbst wenn sie schlafen. Nachts schaut sie zu, wie die Lichter von der Straße an der Decke spielen, sich über die Puppen und Ikonen bewegen, über die Augen der Mutter Gottes, die im Dunkeln furchterregender ist als die Nachbarin. Wo sind die Ameisen? Sie macht ein Kreuzzeichen und fragt Gott nach ihren kleinen Seelen, aber Gott schweigt. Gott schweigt immer. Mutter sagt, dass Er immer da ist, dass Er sie immer sieht. Dem Mädchen macht das in der Dunkelheit des Zimmers Angst, es denkt, dass Gott vielleicht dort in der Ecke neben dem Schrank oder unter dem Bett ist. Er schweigt und versteckt sich. Deshalb verspricht sie ihm immer vor dem Schlafengehen, dass sie brav sein wird, dass sie nicht stehlen, töten oder ehebrechen wird, auch wenn sie nicht versteht, was das eigentlich heißen soll. Dann stellt sie sich diesen versteckten, stillen Gott vor, wie er in der Dunkelheit von einer Strafe absieht. Vielleicht trägt er die Ameisenseelen an sich, wie einen gepunkteten Mantel. Vielleicht ist es ein Gott aus Honig.

Manchmal wacht das Mädchen mitten in der Nacht am anderen Ende des Hauses auf. Für gewöhnlich steht es an der Eingangstür, klein, in einem dünnen Nachthemd, und berührt das lackierte Holz. Wo willst du hin, meine Liebe, hört sie die Mutter. Gehen wir zurück ins Bett, sagt Papa. Am häufigsten wacht sie im Vorzimmer auf, und dann bemerkt sie, dass sie über dem Nachthemd einen Pelzmantel anhat. Einen schweren, stinkenden Pelzmantel aus Chinchilla. Man nennt das Schlafwandeln, sagen ihre Eltern. Das ist, wenn man schläft und fortgehen möchte. Sie schließen die Tür ab und legen den Schlüssel auf das oberste Regal, damit ihn das Mädchen nicht erreichen kann. Du kannst dich verletzen, sagt Mama. Du kannst dich verirren, fügt Papa hinzu. Und Gott sagt nichts, obwohl er alles sieht und sie in jedem Moment aufwecken kann.

Doch ungeachtet aller Vorsichtsmaßnahmen schafft es das Mädchen, durch das große Küchenfenster in den Hof hinauszugelangen. Sie erinnert sich nicht, wie sie das gemacht hat, sie musste auf den Stuhl, dann auf die kalte Gefriertruhe gestiegen sein, das Fenster geöffnet haben und ins Gras gesprungen sein. Sie wacht neben dem Tor auf. Sie fühlt das Stechen des Grases auf den nackten Fußsohlen. Es ist still, nur der Wind in den Zypressen und das Knarzen der Türen in der Zugluft sind zu hören. Auf einmal ist es kalt. Sie hat Angst. Sie sieht die Nachbarin, wie sie sich den Hausmantel zuknotet und durch ihren Vorgarten läuft. Liebes Kind, sagt die Nachbarin, nur das: *liebes Kind*. Wie furchterregend diese alte Frau aussieht, mit offenen roten Haaren, die im Mondlicht glänzen, im grünen Mantel, der genau so weit aufklafft, dass das Mädchen ein bisschen weiße Spitze sehen kann. Und dieser Hals, faltig, voller Haut. Wer hat je gesehen, dass man sich in diesem Alter schminkt, hat Mutter gesagt, wer hat je gesehen, dass man sich die Haare rot färbt, wer hat je gesehen, dass man so riesige Ringe trägt … Und das Mädchen denkt: Ich hab's gesehen, ich hab alles gesehen!

Die Nachbarin riecht nach abgestandenem Blumenduft. Die Spitzen der roten Haare kitzeln das Gesicht des Mädchens. Gefärbte rote Haare, *in diesem Alter*. Sie führt es zur Eingangstür und übergibt es den verschlafenen Eltern. Danke Ihnen, danke vielmals, sie macht das manchmal ... Sie wissen ja, Kinder ... danke Ihnen ... Und in der Brust des Mädchens hallt es wider: Hexe, Hexe! In dieser Nacht spricht sie wieder mit Gott. Er war unartig gewesen, weil er sie aus dem Haus hat steigen lassen. Du hast all das gesehen, alles hast du gesehen und nichts hast du getan! Aber Gott schweigt wieder, und das Mädchen ist böse auf ihn.

Die Eltern bringen neue Mechanismen über allen Fenstern an, so dass es unmöglich ist, sie ohne Schlüssel zu öffnen. Jetzt ist nachts alles abgeschlossen. Verriegelt. Selbst die Ameisen können nun nirgends mehr hereinkommen. Mutters Plan ist aufgegangen, sie ist alle Insekten losgeworden, und das Haus ist wieder sauber und leer, gesperrt für alles Leben, das es stören könnte. Nur eine Ameise taucht im Zimmer des Mädchens auf, und es ist für einen Moment glücklich. Die Ameisen haben sicher bemerkt, dass sie nicht ihre Feindin ist. Aber dann verschwindet die Ameise für immer. Sie flieht irgendwo unters Bett, wie Gott.

Deshalb kaufen sie ihr Schildkröten – denn das Mädchen redet ununterbrochen von den Ameisen und Noahs Arche. Vater war dagegen, dass im Haus größere Tiere gehalten werden. Aber Schildkröten sind klein, kleiner als die Handfläche des Mädchens, und wenn es sie daraufsetzt, dann kratzen sie mit ihren dünnen Beinchen und versuchen zu fliehen. Sie haben ihr Aquarium mit zwei Steinen und falschem Gras. Mutter sagt, dass sie Namen bekommen sollen. Das Mädchen fragt sich, ob die Tiere auf der Arche Namen hatten, so wie alle anderen, die ertrunken sind, aber Papa erklärt ihr, dass das etwas anderes ist. Das hier sind deine Haustiere, sagt er. Das Mädchen denkt dann daran, dass ihre Schildkröten Glück haben, bei ihr gelandet zu sein. Es sind drei. Wenn sie Noah bekommen hätte, hätte er sicherlich eine ins Meer geworfen.

Sie denkt lange darüber nach, wie sie sie nennen soll. Sie denkt sich einen Namen aus, und schon am nächsten Tag überlegt sie es sich anders. Am Ende werden sie einfach zu die Große, die Kleine und die Dritte, namenlos, genau wie die Schildkröten der Sintflut. Abends betet das Mädchen zu Gott, für Papa, Mama, die Große, die Kleine und die Dritte. Sie bittet ihn, keine neue Flut zu schicken, denn sie könnte sich nie entscheiden, welche der drei getötet werden sollte. Dann sagt sie: Im Namen des Vaters, des Sohnes und des Heiligen Geistes, während sie ihre Schildkröten anschaut, als spräche sie mit ihnen.

Endlich hört sie jemand, wenn sie betet. Und das Mädchen betet dauernd, Vater und Mutter bringen ihr das bei: ein Gebet vor dem Mittagessen, ein Gebet vor dem Abendessen, ein Gute-Nacht-Gebet, das Gegrüßet seist du Maria, das Vaterunser, sogar den Anfang des Glaubensbekenntnisses, worauf der Vater mächtig stolz ist. Überall rund um das Mädchen sind Augen, flache gemalte Augen von Heiligen, die ihr zusehen, egal was sie tut. Manchmal denkt sie, dass all diese Gebete dazu da sind, dass sich die Heiligen nicht einsam fühlen. Aber mit den Schildkröten ist es anders. Sie können wirklich hören. Das Mädchen weiß, dass die Große, die Kleine und die Dritte ein Gehör haben, weil sie immer auf die Musik reagieren, die aus dem Haus der Nachbarin kommt. Sie strecken ihre Köpfchen so weit es geht heraus, als ob sie vor ihrem Panzer davonlaufen wollten.

Eines Tages laufen sie wirklich davon. Das Mädchen wacht auf und spürt ihre Abwesenheit, noch bevor sie zum Aquarium blickt. Sie springt aus dem Bett und schaut darunter nach – dorthin, wo sich Gott versteckt. Aber die Schildkröten sind weg. Sie sind weder unter dem Bett noch unter dem Tisch oder im Schrank. Sie müssen auf den Stein gestiegen und irgendwie aus dem Aquarium ausgebüxt sein. Die Tür hatte offen gestanden, weil das Mädchen

Angst hat, sie nachts zu schließen. Ihre Schuld. Alles ist ihre Schuld. Sie läuft aus dem Zimmer und durchsucht das ganze Haus. Sie hebt Teppiche hoch, öffnet Schranktüren, schaut in die Schuhe im Vorzimmer hinein, ruft nach ihnen. Große! Kleine! Dritte!

Sie kommen wieder, früher oder später, sagen die Eltern zu ihr. Nach einigen Tagen sagen sie das nicht mehr. *Sie kommen wieder* wird zu *Vielleicht sind sie verreist*. Das Mädchen kränkt das. Es ist nicht mehr so klein, um zu glauben, dass Schildkröten irgendwohin verreisen. Und wo sollten sie außerdem hin? Draußen herrscht das Chaos: Autos, Katzen … Was hat ihnen in ihrem Zimmer gefehlt?

Sie betet jeden Abend. Im Namen des Vaters und des Sohnes und des Heiligen Geistes. Danach öffnet sie die Augen, um zu überprüfen, ob sie zurückgekommen sind. Das hast du getan, sagt sie zu Gott. Schon hat er angefangen, sich wie ein unerträglicher kleiner Bruder zu benehmen, der die Eltern immer herumkriegt, egal welche Dummheit er angestellt hat. Du hast sie erschreckt, sagt sie leise und fügt am Ende hinzu: Amen.

Mutter verziert Eier vor Ostern. Sie pflückt Klee, Gänseblümchen und verschiedene Blätter. Sie kocht eine Suppe aus Zwiebelschalen in einem großen

Topf, bis das Wasser braun wird, dann fügt sie Essig hinzu und legt zehn Eier hinein, in Nylonstrümpfe gewickelt und mit Blättern an die Schale gepresst. Die Schildkröten werden nicht mehr erwähnt. Das Mädchen empfindet es als tiefe persönliche Verfehlung, als Beweis, dass es sich nicht um Tiere kümmern kann, und es hat Angst, dass seine Eltern ihm nie wieder ein Haustier erlauben. Zwischen den verzierten Eiern läuft eine Ameise. Mutters großer Finger geht nieder wie ein Donnerschlag und nimmt ihr an Ort und Stelle das Leben. Herrje, diese Ameisen wird man einfach nicht los, selbst wenn man Gott wäre, lamentiert Mama. Garantiert schmeißt diese Hexe Essen zum Fenster raus. Es würde mich nicht wundern, wenn sie Ameisen, Kakerlaken und Mäuse hätte … Am Ende bringt sie das Ungeziefer auch über uns.

Da dämmert es dem Mädchen – die Schildkröten sind bestimmt zur Nachbarin gegangen. Gott hat das gesehen, aber Er war ihr wie immer nicht im Geringsten eine Hilfe. Vielleicht ist Er böse, weil sie sie aus den Augen gelassen hat. Vielleicht kümmert es Ihn überhaupt nicht. Abgesehen davon, wenn die Schildkröten dorthin gegangen sind, wüsste Er das ja gar nicht, denn – wie Mutter das viele Male gesagt hat – in diesem Haus gibt es keinen Gott.

Sie traut sich nicht, noch am selben Tag zur Nachbarin hinüberzugehen. Sie beobachtet ihre Eingangstür vom Hof aus. Es ist für sie unbegreiflich, wie jemand so nahe an ihrer Familie leben kann und ein Teil eines anderen Lebens, eines von ihrem ganz unterschiedlichen, sein kann. Die Nachbarin ist auch eine erwachsene Person. Sie hat eine Küche, in der sie Mittagessen kocht. Sie wäscht Geschirr, wäscht Wäsche, wäscht ihre roten Haare. Sie schaut vielleicht etwas im Fernsehen an. Aber sie tötet keine Ameisen. Das Mädchen ist überzeugt davon, dass zwischen der Nachbarin und allen Insekten gegenseitige Achtung und Vertrauen bestehen. Die Schildkröten sind bestimmt dort.

Sie fragt die Eltern, ob sie am nächsten Tag ein paar Eier zur Nachbarin bringen dürfe. Das klingt für sie wie eine gute Ausrede, um hinüberzugehen. Mama bricht in Gelächter aus. Die Nachbarin feiert nicht Ostern, mein Herz. Sie sagt das, als wäre es offensichtlich. Wie meinst du das, *feiert nicht Ostern?* So, eben. Ihre Leute glauben nicht daran, dass Jesus Gott war, sagt Papa zu ihr. Ihre Leute haben Jesus getötet.

Das Mädchen ist absolut verwirrt. Sie versteht nicht, wer *ihre Leute* sein sollen. Sie hat nie jemanden bei der Nachbarin gesehen. Außerdem begreift sie nicht, wie jemand *nicht* Ostern feiern kann. Sie denkt, das sei verpflichtend für alle Menschen.

In dieser Nacht kann sie lange nicht einschlafen. Sie weiß nicht einmal mehr, wie sie beten soll. Wenn die Schildkröten bei der Nachbarin sind und Gott nicht dort ist, dann ist es sinnlos, Ihn um irgendeinen Rat zu fragen. Die Ameisen wissen wahrscheinlich besser, was vor sich geht – sie gehen in dieses Haus hinein und sehen alles. Das Mädchen schließt die Augen, presst Handfläche auf Handfläche und betet zu den Ameisen für ihre Schildkröten. Die Ameisen können ihr nicht antworten, weil sie nicht ihre Sprache sprechen.

Am Morgen liegen zwei tote Schildkröten auf der Küchentheke. Mutter hat sie auf ein Stück Küchenpapier gelegt. Es tut uns leid, aber wir wollten dich nicht anlügen, jetzt bist du schon groß, sagt Papa. Das Mädchen starrt ihre unbeweglichen Körper an, die aus dem Panzer heraushängen. Die Große und die Kleine. Sie möchte sie nicht anfassen. Die Reglosigkeit des Todes macht ihr Angst. Und die Dritte?, fragt sie. Sie kann den Blick nicht von den kleinen Leichen abwenden. Die haben wir nicht gefunden, sagt Mama. Die beiden waren beim Ameisenhaufen, nahe dem Zaun. Tut mir leid, mein Herz. Gehen wir jetzt frühstücken, es ist Ostern, du musst dir dein Ei aussuchen.

Zuerst müssen wir sie begraben, sagt das Mädchen. Damit sie ins Paradies kommen.

Tiere kommen nicht ins Paradies, sagt Papa sanft. Das überrascht sie. Und dann macht es sie wütend. Sie denkt, dass auch Papa gern Dummheiten erzählt, obwohl er ein Papa ist und aufpassen sollte, was er sagt.

Wie jetzt, sie kommen nicht ins Paradies? Wo kommen sie denn sonst hin?

Nirgendwohin, mein Liebes. Tiere haben keine Seele.

Sie blickt erneut zur Großen und zur Kleinen. Ihre Näschen wirken nun viel länger, da sie tot sind. Am schlimmsten von allem sind diese kleinen blinden Augen, offen und vertrocknet. Das Mädchen denkt an die Finsternis. Einfach nur Finsternis. Nichts anderes. Finsternis für immer. Sie beginnt zu weinen. Es scheint ihr gerechter, sie würden in der Hölle schmoren, als dass dieses große Nichts sie verschluckt. Sie weint um alle Schildkröten, die je gestorben sind. Um alle Tiere, die Noah gerettet hat, völlig umsonst.

Die Eltern bieten ihr leere Trostformeln an, damit sie sich beruhigt. Komm jetzt, sagt Mama. Putz dir die Nase. Zieh dich hübsch an, es ist Ostern. Vater liest vor dem Frühstück ein Gebet vor. Das Mädchen zerbricht sogar ein paar Ostereier, wie es üblich ist. Es ist das einzige Ostern, an das sie sich erinnern wird. Sie wird sich an die verzierten Eier erinnern, wer wo gesessen hat, welches Kleid Mama und welche Krawatte Papa getragen hat. Sie wird sich an die Schildkröten auf der Küchentheke erinnern und wie sie Papa auf dem Papier aus dem Haus getragen und irgendwo hingebracht hat, um sie wegzuwerfen. Sie haben ihr nicht gesagt, wohin. Aber vor allem wird sie sich daran erinnern, dass sie an diesem Tag das Haus ihrer Nachbarin betreten hat.

Wie jeden Sonntag halten Papa und Mama nach dem Essen ein Mittagsschläfchen. Sie wartet geduldig auf diesen Moment – sie weint nicht mehr um die Schildkröten, sie stellt keine Fragen mehr. Sie ist fleißig, wäscht mit Mama das Geschirr ab, trocknet es ab und stellt es auf seinen Platz zurück. Sie sieht zu, wie ihre Eltern genüsslich das Dessert verspeisen, wie sie sich aufs Sofa setzen und den Fernseher einschalten, wie sie immer langsamer atmen und die Augen zumachen. Das Mädchen spürt das Fehlen von Angst, als wäre sie über Nacht erwachsener geworden – alles ist irgendwie kleiner, sowohl die Räume als auch Papa und Mama. Sie verlässt das Haus und überquert den Hof. Im Gras sind keine Ameisen, es ist still, und das Tor der Nachbarin ist kaum hörbar, als das Mädchen es einen Spalt öffnet. Sie riecht Früchtetee, alte Wolle, Staub und Bücher. Sie betritt das Haus ohne Gott. Er ist dort geblieben, im anderen Hof, wo die Ameisenleichen die trockene Erde bedecken.

Das Mädchen wird sich an die Bilder an der Wand erinnern, an die Pflanzen – große und kleine – überall, manche hängen sogar aus Eimern und strecken ihre blattreichen Glieder fast bis zum Boden. Sie wird sich daran erinnern, wie die Nachbarin und sie gemeinsam nach der Dritten suchen, in den Schachteln voll mit Wolle und Strickzubehör, in den Regalen mit dicken Büchern mit abgegriffenen Rücken, unter den Tischen und Stühlen, hinter großen Vasen, und sogar noch in den Schuhen. Sie wird sich an das Teegeschirr erinnern – mit kleinen aufs Porzellan gemalten Rosen und eingedrehten Henkeln, als ob die Tasse ein Ohr hätte. Sie wird sich auch an die Platte erinnern, die sich im Grammophon dreht, und wie aus dieser Box dann Musik kommt. Sie wird sich an die Musik erinnern und daran, dass es nirgends einen Fernseher gibt, aber auch keine Ameisen. Sie wird sich an die Fotos an den Wänden erinnern, die großen Gobelins voller Details, und den Vorhang, der unten, ganz am unteren Ende, zerfranst ist. Am liebsten von allem wird sie sich an die Geschichte über das einzige Haustier erinnern, das die Nachbarin je hatte – eine kleine Maus. Sie kletterte zwischen den Metallbetten hinauf, über die dünnen und weinenden Körper, leise, erschrocken, in dem Wissen, dass sie am oberen Ende ein Mädchen mit ein paar Brotkrumen erwartete, die es für sie aufgespart hatte. Die Nachbarin erzählt ihr auch ein paar andere Geschichten, aber das Mädchen ist noch zu klein, um sie vollends zu verstehen.

Sie tritt hinaus an die trockene Frühlingsluft. Über ihrem Kopf plaudert eine Amsel mit anderen Vögeln. Außer ihnen schweigt alles andere. Das Mädchen tritt durch das Tor und geht in den Hof ihres Hauses zurück. Vorsichtig öffnet sie die Tür und geht an den Eltern vorbei, die noch schlafen, die Mutter auf dem Sofa, der Vater im Lehnstuhl, regungslos. Im Fernseher backt irgendein Mann eine Torte.

Sie geht in den ersten Stock hinauf, betritt ihr Zimmer und schließt die Tür. Sie öffnet weit das Fenster. Gott klettert unter dem Bett hervor und fliegt wortlos hinaus. Das Mädchen schließt das Fenster und legt sich aufs Bett. Endlich kann sie ruhig schlafen. Niemand beobachtet sie mehr.

SÄURE

Kleine, glitschige Fische mit kalten Körpern. Ich holte sie aus dem Aquarium und legte sie auf den Tisch. Der Reihe nach vom Kleinsten zum Größten. Sie verkrampften sich, klatschten mit der Schwanzflosse und fielen zu Boden. Das Spiel war einfach – der Fisch, der am längsten auf dem Tisch blieb, war der Sieger. Aber da war noch etwas anderes – die Macht, die du spürst, wenn du deine Hand ins schlierige Wasser eintauchst und die Finger den winzigen Unglücklichen umschließen. Am Ende sterben alle, auch der Sieger auf dem Tisch. Am Ende hören die Krämpfe immer auf, und das kleine Auge starrt fassungslos nach oben. Als warte es auf die nächste Hand.

Im Frühherbst bringt mich meine Mutter zur Aufnahmeprüfung in die Musikschule. Ich bin zu alt, aber das ist nicht wichtig. Ich müsse keine Virtuosin sein, nur damit ich irgendein Hobby habe, sagt sie zu mir, während sie auf dem Behindertenparkplatz einparkt, obwohl wir beide mobil und, zumindest scheinbar, gesund sind. In einem kleinen Zimmer sitzt ein alter, nach Tabak stinkender Mann am Klavier und fragt mich, warum gerade Violoncello. Ich zucke mit den Schultern, aber dann sehe ich Mamas Stirnrunzeln und räume ein: Es gefällt mir. Er spielt ein paar Töne und bittet mich, sie zu wiederholen. Danach klopft er mit dem Bleistift auf das Klaviergehäuse. Jetzt du, im gleichen Rhythmus.

Am Ende möchte er, dass ich ihm etwas vorsinge. Ich sage, dass ich kein einziges Lied kenne. Mama runzelt wieder die Stirn. Mein Gott, das verrückte Kind ... Was heißt, du kennst keines? La Le Lu ...

Dann lächelt sie dem stinkenden alten Mann zu. Und ich singe und hasse sie. Im Kopf wandle ich die Worte ab, so dass nur ich ihre wahre Natur kenne. La Le Lu, nur der Mann im Mond schaut zu, wenn die kleinen Babys sterben. Und die beiden wissen nichts davon. Sie wissen gar nichts.

Zweimal pro Woche sitzt im Wohnzimmer eine Psychologin. Mama hat sie beim ersten Mal als den Psychologen vorgestellt, aber die Psychologin hat sie verbessert. Ich habe mich für sie beide geschämt. Die

Psychologin ist sehr groß, sie trinkt Pfefferminztee und blinzelt fast nie. Am Anfang bringt sie Spielsachen mit, die nach anderen Kindern stinken. Sie will, dass ich vor ihr damit spiele, sie würde zusehen. Ich kenne alle Regeln, ich spiele, wie es sich gehört. Ken und Barbie heiraten und küssen sich. Sie kriegen ein Kind. Fahren ans Meer. Ich arbeite all diese kleinen Leben mit den Bewegungen einer bürokratischen Beamtin ab. Die Psychologin tunkt den Teebeutel ins heiße Wasser, ihr Handgelenk geht auf und ab, auf und ab. Sie bemerkt, dass ich sie beobachte. Es ist nicht gut, wenn man ihn im Wasser lässt, erklärt sie mir.

Später hat sie es mit den Spielsachen aufgegeben und bittet mich, etwas für sie zu zeichnen. In einer Tasche hat sie eine Tüte mit Ölkreiden mitgebracht. Ich sage ihr, dass ich lieber mit einem Stift zeichnen würde, der ist präziser.

Präziser, was für ein erwachsenes Wort, sagt sie. Ich denke, was für ein Idiot muss man sein, um zu denken, dass Wörter in welche für Kinder und welche für Erwachsene eingeteilt werden. Sie will mir ihre Füllfeder nicht geben, obwohl ich ihr die Spielregeln erklärt habe – entweder die Füllfeder oder es wird nicht gezeichnet. Dann schreibt sie etwas in ihr Notizbuch. Sie blinzelt nicht.

Kannst du wenigstens einmal etwas für mich machen?, fragt Mama mit weinerlicher Stimme, nachdem die Psychologin gegangen ist. Also gut – Ölkreiden. Ich setze mich auf den Boden und zeichne unpräzise, ölige Porträts. Das mache ich nur für Mama.

Manche Kinder sind allergisch gegen Ölkreiden, sage ich bei der nächsten Sitzung.

Bist du denn allergisch gegen Ölkreiden?, frage mich die Psychologin.

Nein. Aber manche Kinder sind es. Es ist nicht gut, dass Sie welche mit sich herumtragen. Sie könnten jemanden umbringen.

Vor Wintereinbruch sitzen Mama und Großvater vor dem Wochenendhäuschen und bereiten Schnecken fürs Mittagessen vor. Ich bin am Bach und beobachte die kleinen Kaulquappen. Die Zeichenlehrerin hat einmal *kleine Frösche* gesagt, aber ich habe ihr erklärt, dass das nicht stimmt. Es sind Kaulquappen. Wenn das Wort Kaulquappe schon existiert, dann sollten wir es verwenden. Alles hat sein Wort. Und in Großvaters Bach schwimmen sowohl kleine Frösche als auch Kaulquappen. Das Wasser ist kälter als im Aquarium. Und reiner. Wenn man eine Kaulquappe zwischen Daumen und Zeigefinger zusammendrückt, platzt ihr Körper, und etwas Schleimiges tritt aus. Danach umringen andere Kaulquappen die tote, als wollten sie sie fertigmachen. Ich schnappte mir eine nach der anderen, es war leicht. Sie zerbarsten zwischen den Fingern. Wie wenn Mama etwas Zerbrechliches bestellt und es in so einer Plastikfolie voller Luftbläschen ankommt. Wenn sie gut gelaunt ist, darf ich sie knallen lassen. So war das auch mit den Kaulquappen. Am Ende trieb eine Handvoll ihrer Körper an der Wasseroberfläche. Mama gefiel das nicht. Sie sagte zu Großvater, er solle mich in den Wald bringen. Sie könne mich nicht mehr sehen. Als wäre sie blind.

Das Violoncello ist schwer in dem Rollkoffer. Ich ziehe ihn die Allee entlang, denn große Mädchen gehen allein in die Musikschule. Es ist umständlich, weil ich den Kastanien auf dem Gehsteig ausweichen muss. Ein Auto fährt an mir vorbei, daraus schaut mich eine Frau an. Sie lacht, obwohl nichts komisch ist. Violoncelli sind groß und Kinder klein. Dafür kann ich nichts. Ich schleppe mich bis ans Ende der Allee. Später sitze ich allein in einem kleinen Zimmer mit der Lehrerin, die eine rote Brille trägt und ein schwarzes Haar am Kinn hat. Die Saiten sind dick und schneiden in meine Fingerkuppen. Ich bringe keinen einzigen sauberen Ton hervor. Sie reißt meine

Hand vom Hals des übergroßen Instruments, schaut sie kurz an, dann wirft sie sie verächtlich weg, als hätte sie aus Versehen eine tote Maus angefasst.

Schneid dir die Nägel, sagt sie angewidert. Ganz kurz!

Die Psychologin sagt mir, dass wir heute Bauklötze legen. Sie hat eine Plastikbox voll großer Klötze für Babys mitgebracht. Sie sagt, ich kann mir irgendwelche aussuchen, in irgendwelchen Farben, und daraus bauen, was immer ich möchte.

Bin ich denn nicht ein bisschen zu groß für dieses Spiel?

Denkst du, du bist zu groß für dieses Spiel?

Wieso antworten Sie nie, wenn ich Sie etwas frage? Wissen Sie die Antwort nicht?

Doch sie bemüht sich zu lächeln, während sie den Pfefferminztee schlürft. Mama würde später das Geschirr abspülen und über den Lippenstift an der Tasse schimpfen. Ich staple rote Klötze übereinander. Der Turm reicht mir fast bis ans Kinn. Als mir die roten ausgehen, sage ich, dass ich fertig bin. Sie notiert sich wieder etwas, wahrscheinlich irgendeinen Quatsch über die rote Farbe oder weiß Gott was. Danach lasse ich sie die Klötze allein abbauen und sie in die Plastikbox zurückräumen.

Der Wald ist kalt und still. Großvater geht voran und schaut zu Boden. Ich möchte ihn etwas fragen, aber das Erste, was mir einfällt, ist: Gibt es hier Wölfe?

Es gibt keine Wölfe. Das weißt du ganz genau.

Theoretisch, sage ich hoffend, dass ihm auffällt, wie ich seine Worte benutze und sich seine Laune ein bisschen bessert. Theoretisch, wenn der Wolf das Rotkäppchen und danach die Großmutter auffrisst, und wenn danach der Jäger kommt und dem Wolf den Bauch aufschneidet … Ich meine, theoretisch … Können das Rotkäppchen und die Großmutter wirklich überleben?

Der Großvater setzt sich auf einen Baumstumpf und mustert einen kleinen Pilz neben seinem Schuh. Er kratzt sich am Kopf. Theoretisch nicht, antwortet er.

Warum nicht?

Weil da Säure ist. Im Bauch.

Danach schweigen wir eine Zeitlang. Ich sammle Steinchen und glatte Zweige. Er mustert immer noch den Pilz. Dann fragt er mich: Warum gehst du deiner Mutter auf die Nerven? Warum lässt du sie nicht ein wenig in Frieden?

Ich tu ihr doch gar nichts!, sage ich zu ihm scheinbar überrascht. Doch ich weiß, dass er an die Kaulquappen denkt. Und diese exotischen Fische von ihr. Aber er verdreht nur die Augen und sagt, ich solle mich vor solchen Pilzen hüten, die seien giftig. Ich setze mich neben ihn auf den Baumstumpf und betrachte die weißliche, mehlig riechende Pflanze. Sie fühlt sich weich an, wie eine kleine Wolke.

Aber theoretisch, sage ich zu ihm, um das Thema zu wechseln.

Theoretisch?, geht er darauf ein.

War ich in Mamas Bauch, und die Säure hat mich nicht zerfressen. Daraufhin lacht er und sagt: Bist du sicher?

Zu Hause übe ich die Tonleiter auf dem Violoncello. Mama hat eine Ibuprofen genommen und Kopfhörer in die Ohren gesteckt, um meine schiefen Töne nicht zu hören. Meine Nägel habe ich so kurz geschnitten, dass mir alle Finger weh tun. So fest ich die Saite auch nach unten drücke, der Ton ist immer noch unsauber. Das Instrument jault, als hätte ich ein verprügeltes Hündchen in den Schoß genommen. Und dann beginne ich, aus Langeweile, an den Wirbeln zu drehen. Die Saiten dehnen sich und verändern den Ton. Ich drehe und drehe und höre dem quietschenden Auf und Ab zu. Die dünnste Saite reißt und schlägt mir mitten ins Gesicht. Der Schmerz ist stechend, und ich blute. Ihr Geschmack ist metallisch, wie der Geschmack der Finger nach dem Spielen. Ich habe auch einen Schnitt, präzise und lang, als hätte ihn jemand mit der Füllfeder gezogen.

Die Ambulanz ist kalt und still. Mama weint und fasst sich an den Kopf. Ich weiß, woran sie denkt – an Papas zerschnittenes Gesicht, als wir ihn gefunden haben. Ich denke auch daran. Aber die Ärztin weiß das nicht. Die Ärztin ist jung, müde und versucht, sie zu beruhigen. Das ist alles völlig normal in diesem Alter, sagt sie. Mama glaubt ihr nicht. Mama mag keine Frauen, die jünger sind als sie und ihr sagen, was sie tun soll.

Sie brauchen sich keine Sorgen zu machen, ihr wird keine große Narbe bleiben, sagt die Ärztin. Als ob das irgendeine Rolle spielen würde.

Anschließend fahren wir in Stille nach Hause. Das Radio erzählt uns, dass in der Türkei irgendwelche Leute ums Leben gekommen sind. Mama macht es mit einer einzigen Bewegung aus, als könnte sie so die Nachrichten ändern – solange ich nichts davon gehört habe, ist es nicht passiert. Das letzte Mal, als wir beim Arzt waren, lud sie mich nach der Untersuchung zu einem Eis ein. Sie hatte sich schuldig gefühlt, weil sie mir aus Versehen die Hand gebrochen hatte. Jetzt ist Winter, wir können kein Eis essen gehen. Sie weiß nicht, wie sie das Schuldgefühl loswerden soll. Ich sage ihr nicht, dass ich so lange an dem einen Wirbel gedreht habe, bis die Saite gerissen ist. Ich lasse sie schuldig sein und uns nach Hause bringen.

Die Psychologin möchte, dass ich ihr vom Violoncello erzähle. Sie hat den stinkenden Tee nur deshalb ausgetrunken, weil ihn diesmal ich zubereitet habe. Das ist gut, hat sie zu meiner Mama gesagt. Das bedeutet, dass ich mich langsam an sie gewöhne, dass ich sie akzeptiere. Jetzt kann sie mich über das Violoncello befragen. Und über Papa. Aber nicht über die gebrochene Hand. Mama hat gesagt, dass ich darüber nicht reden darf.

Nichts ist passiert, sage ich zu ihr, die Saite ist gerissen und hat mich an der Wange getroffen.

Sie notiert das in ihr Heft, als wäre es die klügste Sache, die sie je gehört hat. Und dann beginnt es, nach einer halben Stunde dummer Fragen. Ihr Gesicht ist anders, verwirrt und in einem Halbsatz stehen geblieben. Sie sieht mich dumpf an, wie die Fische auf dem Tisch. Erst da begreift sie, was geschieht. Sie blickt ihre Tasse an, dann mich. Sie läuft ins Badezimmer, um sich zu übergeben. Kauert auf unseren Fliesen und kotzt in die Kloschüssel. Es wird ihr nichts passieren, in dem Tee war nicht mal eine Messerspitze von dem Pilz drin. Sie würde sich ein wenig übergeben oder Durchfall bekommen, und dann würde sie mich in Ruhe lassen.

Auf dem Tisch im Wohnzimmer liegt ihre Füllfeder. Ihr poliertes Metall glänzt. Ich greife danach und nehme die Kappe ab. Ihre Spitze ist perfekt. Sie ist präzise und verliert keine Tinte.

ZAHNFEE

Aber Mama ist nicht da.

Wo bist du?
Drinnen. Ich bin zu Hause. Das Haus hat ein Oben und ein Unten. Oben ist es dunkel. Dort schlafen wir. Oben ist mein Zimmer. Jetzt ist es leer. Oben ist auch Omas Zimmer. Oma ist tot. In ihrem Zimmer sind Sachen und die Katze. Wenn Besuch kommt, sperren wir die Katze in Omas Zimmer ein. Einmal ist die Katze wütend geworden. Sie hat aufs Bett gepinkelt. Wenn ich ins Bett mache, verdreht Mama die Augen. Ich bin keine Katze. Ich mache das nicht absichtlich. Aber Mama wird wütend. Sie zieht mir den Pyjama aus. Sie zieht die Bettwäsche ab. Mama zieht die Bettwäsche sehr schnell ab. Mit der Hand tastet sie die Matratze ab. Da ist ein dunkler Kreis,

der stinkt. Es tut mir leid. Ich muss baden. Baden mag ich nicht. Mama sagt, große Mädchen machen nicht in die Hose. Sie fragt mich, ob meine Freundinnen denn in die Hose machen. Aber ich habe keine Freundinnen. Einmal habe ich sie etwas gefragt. Es war in der großen Pause. Das, was ich sie gefragt habe, war nicht gut. Sie wollten nicht mehr mit mir reden. Das habe ich Mama nicht erzählt. Ich mag es nicht, wenn Mama wütend ist. Ich mag es, wenn sie mich umarmt. Ich möchte, dass Mama mich dauernd umarmt. Manchmal weine ich, weil Mama mich nicht umarmt hat. Wenn mich wer fragt, warum ich weine, sage ich, ich weiß es nicht. Ich glaube, Mama ist wütend auf mich, weil mich Papa umarmt. Mama ist wütend, weil Papa mich mehr lieb hat als sie. Oma hat Mama lieb gehabt, aber Oma ist jetzt tot. Sie war krank und hatte keine Zähne. Sie hatte andere Zähne. Die nennt man Prothese. Oma hat die Prothese in einem Glas aufbewahrt. Ich habe sie gefragt, wem die Zähne gehören. Sie sagte, das sind ihre Zähne, aber sie sind nicht in ihrem Mund gewachsen. Mama war wütend, weil Oma Süßes gegessen hat. Dann ist Oma gestorben und hat die Zähne und die Katze zurückgelassen. Ich bin traurig, weil Oma an meinem Geburtstag nicht da ist.

Hast du jetzt Geburtstag?
Ja. Mama hat die Fenster aufgemacht. Sie sagt immer, *damit Luft reinkommt.* Luft kann nicht reinkommen, wenn die Fenster zu sind. Ich sitze auf dem Sofa im Wohnzimmer. Ich habe eine lila Hose und eine Bluse an. Mama wollte, dass ich ein Kleid anziehe. Aber ich mag das Kleid nicht. Ich mag Strumpfhosen und Hosen und eine Bluse und eine Weste. Mama sagt, ich habe zu viel Kleidung an. Sie lässt mich nicht in der Strumpfhose schlafen. Sie sagt, dass mir in der Weste heiß wird. Sie bügelt meine Bluse. Ich bürste meine Haare. Ich mag es nicht, wenn die Drähte der Bürste meinen Kopf oder Hals berühren. Ich mag Haarebürsten nicht. Ich möchte, dass Mama sich beeilt. Ich mag es nicht, im Unterhemd zu sein. Ich möchte mich anziehen. Heute habe ich Geburtstag. Oma ist nicht da. Wenn die Katze wütend wird, pinkelt sie sich an. Sie ist eingesperrt. Es ist mein Geburtstag, und ich bin hässlich. Ich habe keine Zähne. Ich habe die Zähne verkauft.

An wen hast du deine Zähne verkauft?

Ich stelle mich schlafend. Aber ich bin immer wach, wenn sie kommt. Sie kommt spät. Sie kauft meine Zähne. Zuerst wackeln sie, dann fallen sie aus. Ich möchte nicht, dass sie ausfallen. Papa sagt, es kommt eine Fee. Er sagt, ich muss brav sein. Die Fee wird Geld unter mein Kissen legen. Ich möchte meine Zähne nicht verkaufen. Das ist keine Fee. Feen haben kein Geld, weil sie nicht arbeiten. Wenn ein Zahn nicht ausfallen will, ziehen ihn Mama oder Papa mit einem Faden heraus. Sie heißen Milchzähne. Das sind also Zähne aus Milch. Vielleicht mag meine Fee Milch. Sie isst Zähne. Alle Zähne, denn alle Kinder in meiner Klasse verkaufen sie. Die Fee ist hungrig. Ich fürchte mich. Was ist, wenn ich keine Zähne mehr habe? Die Fee wird kommen und noch mehr wollen. Sie wird meine Haare mitnehmen. Dann wird sie mir die Finger abschneiden. Vielleicht nimmt sie mich als Ganzes mit. Mama sagt, mir werden neue Zähne nachwachsen. Für große Mädchen. Aber Oma war groß. Ihr sind alle Zähne ausgefallen.

Zurück zum Geburtstag. Du sitzt auf dem Sofa.
Kinder sind gekommen. Nicht so viele. Die Mädchen sind nicht gekommen. Weil ich etwas Hässliches gesagt habe. Ein paar Jungen sind gekommen, die ich nicht kenne. Sie haben sich im Vorzimmer die Schuhe ausgezogen. Ein Junge hat furchtbar stinkende Füße. Er und seine Schwester haben beide keine Zähne. Auch der Sohn vom Nachbarn ist gekommen. Auch der hat keine Zähne. Hat die Fee ihre Zähne mitgenommen? Kommt sie zu ihnen vor mir oder nach mir? Gibt sie ihnen Geld? Vielleicht haben sie eine andere Fee. Eine richtige Fee. Vielleicht sind sie brave Kinder und haben eine gute Fee. Wir lächeln für das Foto. Wir haben keine Zähne. Ich will, dass Mama kommt. Ich will, dass sie mich umarmt. Sie hat das Fenster offen gelassen, damit Luft reinkommt. Papa hat einen Fotoapparat. Und Mama ist nicht da. Mama ist immer weit weg.

Wo ist Mama?
Mama ist in der Küche. Sie hat eine Torte gemacht. Es ist meine Torte. Ich wollte einen Pinocchio. Ich mag Pinocchio, denn er ist kein richtiger Junge. Er

ist aus Holz. Wenn er lügt, wächst seine Nase. Oma hat gesagt, dass auch die Nase von Erwachsenen wächst. Aber langsam. Erwachsene lügen langsam. Aber Mama hat auf die Torte eine kleine Nase gemacht. Pinocchio ist brav. Sie hat auch eine Grille gemacht. Die Grille hat einen blauen Hut. Ich mag die Grille, weil sie Pinocchio hilft. Pinocchio hat Glück, weil er die Grille hat. Er hat auch die Blaue Fee. Seine Fee ist eine richtige Fee. Sie ist brav. Sie kauft keine Zähne. Dann wird Pinocchio ein richtiger Junge, mit richtigen Zähnen. Das heißt, seine Nase wächst nicht mehr, wenn er lügt.

Schmeckt die Torte gut?
Ich weiß es nicht. Ich hab sie nicht probiert. Ich hab den Geburtstag kaputt gemacht. Ich war böse. Mama hat den Pinocchio in Stücke geschnitten. Sie hat sie in Folie eingepackt, und die Kinder haben meine Torte mitgenommen. Jeder hat ein Stück bekommen. Ich nicht. Ich war böse. Ich hab den Geburtstag kaputt gemacht. Ich sitze auf dem Sofa und schaue die Katze an.

Gehen wir ein wenig zurück.
Hast du Geschenke bekommen?
Ja. Ich sitze auf dem Sofa. Die Kinder geben mir Geschenke. Sie sagen: Alles Gute zum Geburtstag! Ich sage Danke. Ich öffne das Geschenkpapier. Papa hält den Fotoapparat. Er will, dass wir lächeln. Wir haben keine Zähne. Wir lächeln. Ich lächle auch. Ein Junge sagt zu mir: Zerreiß das Papier! Aber ich möchte das Papier nicht zerreißen. Ich mache es langsam auf, dort wo das Klebeband ist. Ich passe auf, dass ich das Muster nicht einreiße. Dann falte ich das Papier zusammen. Ich lege es neben mich auf das Sofa. Ich habe ein Bilderbuch bekommen. Ich habe ein T-Shirt bekommen. Ich habe ein Puzzle mit dem Bild von Schneewittchen bekommen. Das Schneewittchen schläft, und neben ihm hockt der Prinz. Sie sind in Stücke geteilt. Man muss sie auseinandernehmen, wenn man damit spielen will. Dann setzt man sie wieder zusammen. Man darf kein einziges Teil verlieren, weil da sonst ein Loch ist. Was sagt man?, fragt mich Papa. Danke, sage ich. Danke schön. Danke schön. Danke. Ich möchte, dass Mama da ist. Ich halte eine Schachtel in der Hand. Ich möchte sie nicht aufmachen.

Beschreib mir die Schachtel.
Sie ist groß. Ich halte sie im Schoß. Das Papier ist golden. Ein schönes Papier. Ich möchte es mir aufheben. Wenn ich das Klebeband abreiße, geht das Papier kaputt. Ich ziehe es langsam ab. Mama ist nicht hier. Oma ist tot. Wenn Oma leben würde, würde sie die Schachtel öffnen. Die Fee würde meine Zähne nicht kaufen. Omas Zimmer ist neben meinem. Sie hört alles. Aber ihr Zimmer ist jetzt leer. Darin ist die Katze, weil wir Besuch haben. Die Katze ist eingesperrt. Auch die Schachtel ist zu. Ich möchte sie nicht aufmachen.

Langsam. Nimm zuerst das Papier ab.
Ich habe das Papier abgenommen. Es glänzt. Ich möchte es für das Häuschen verwenden. Ich habe ein Puppenhäuschen. Oma hat es gekauft. Es hat drei Stockwerke. Das goldene Papier wird eine Tapete. Unten. Oben gibt es keine Tapete. Oben ist es dunkel. Omas Katze stiehlt manchmal Möbel aus meinem Häuschen. Mama hat gesagt, ich muss den Puppen etwas anziehen. Sie können nicht nackt sein. Die Puppen haben keine Zähne. Ihr Mund ist zu. Immer. Wenn mein Mund zu wäre, würde die Fee nicht kommen.

Zurück zur Schachtel. Du hast das Papier abgenommen.

Die Schachtel ist weiß mit roten Punkten. Alle schauen mir zu. Mama ist nicht da. Mama verziert den Pinocchio. Ich höre sie. Ich bin wie Oma, ich höre alles. Ich habe den Geburtstag kaputt gemacht. Mama ist wütend. Es gibt keine Torte mehr. In meinem Mund wackelt ein Zahn. Ich möchte keine Zähne aus Milch. Das Essen ist schwer. Ich rede komisch. In der Schule will ich nicht reden. Die Lehrerin fragt mich, warum ich noch nicht nach Hause gegangen bin. Der Unterricht ist zu Ende. Sie fragt mich, ob mich jemand abholen kommen soll. Nein, niemand kommt mich abholen. Ich wohne in der Nähe. Ich gehe allein. Ich bin ein großes Mädchen. Die Lehrerin weiß nicht, dass ich ins Bett mache. Ich habe zu ihr gesagt, dass ich groß bin. Meine Nase wächst nicht, weil ich nicht aus Holz bin. Ich kann lügen. Meine Zähne wackeln. Kann ich die Hausaufgabe hier machen? Nein, du musst nach Hause gehen, deine Eltern machen sich bestimmt Sorgen. Ich gehe lange. Ich gehe ums Haus herum. Ich setze mich auf die Schaukel im Park. Es muss mich niemand anstoßen, ich kann schon allein schaukeln. Es kommt auf die Knie an. Im Gras sammle ich drei Steinchen auf und stecke sie in die Hosentasche. Später tut es mir leid. Als hätte ich etwas gestohlen. Ich gehe in den Park zurück und werfe die Steinchen ins Gras. Ich will nicht nach Hause gehen. Zu Mama sage ich, dass ich mit Freundinnen gespielt habe. Meine Nase wächst nicht.

Warum willst du nicht nach Hause gehen?
Zu Hause ist die Fee. Oma ist tot. Mein Zahn wackelt.

Kannst du die Fee beschreiben? Wie sieht sie aus?
Ich sehe sie nicht. Es ist dunkel. Ich stelle mich schlafend. Die Fee ist groß. Sie stinkt nach Zigaretten. Sie nimmt meine Zähne und legt Geld unter das Kissen. Mir ist kalt. Ich möchte mich zudecken. Die Fee hat große Hände. Sie sind kalt. Und grob. Oma ist tot und hört nichts mehr. In ihrem Zimmer ist die Katze. Die Katze von einem Mädchen aus der Klasse ist gestorben. Sie haben sie in der Waschmaschine eingesperrt, und sie ist erstickt. Manche Kinder haben gelacht. Mich hat das fürchterlich erschrocken. Unsere Waschmaschine ist riesig. Passe ich da hinein?

Wenn ich mich vor der Fee verstecke, ersticke ich vielleicht. Was ist, wenn wir Omas Katze umbringen? Mama wäscht oft die Wäsche, weil ich ins Bett mache. Sie nimmt alles so schnell ab und steckt es in die Waschmaschine. Mama, pass auf die Katze auf! Dann schaut Mama nach, obwohl sie wütend ist. Das ist, weil Mama brav ist.

Noch mal zurück. Wie sind die Hände der Fee?

Grob. Und kalt. Die Fee sucht immer etwas. Sie hat meinen Zahn unter dem Kissen gefunden. Langsam, um mich nicht aufzuwecken. Aber ich bin wach, ich stelle mich nur schlafend. Die Fee lässt mir Geld da. Sie schaut mich gern an. Sie nimmt gern meine Hand. Die Fee ist groß, und ihr Schatten ist an der Wand. Der Schatten hat keine Flügel. Deshalb weiß ich, dass meine Fee keine richtige Fee ist. Richtige Feen haben Flügel, und sie haben kein Geld. Pinocchios Fee hat schöne Hände. Sie kauft nichts. Sie ist eine Zauberin. Meine Fee ist nicht zauberhaft. Sie mag es, meine Hand zu halten. Mir ist kalt. Ich möchte mich zudecken, aber dann würde sie wissen, dass ich nicht schlafe. Ich will sie nicht wütend machen. Wenn die Katze die Tür aufmacht, erschrickt die Fee und geht. Dann decke ich mich zu. Am Morgen lege ich das Geld in die Schachtel mit den Muscheln. Die hat mir Oma gegeben. Sie hat gesagt, ich soll das Geld sparen. Aber Oma ist jetzt tot. Sie war an meinem Geburtstag nicht da. Ich habe ihn kaputt gemacht.

Langsam, alles der Reihe nach.
Du sitzt auf dem Sofa. Du hältst eine
weiße Schachtel mit roten Punkten.
Die Schachtel ist leicht. Papa sagt, ich soll sie aufmachen. Mama ist nicht da. Ich will, dass Mama kommt.

Mach die Schachtel langsam auf.
Ich will nicht. Drinnen ist ein Monster, das herausspringt. Ich habe den Geburtstag kaputt gemacht. Mama wird meinen Pinocchio in Stücke schneiden. Die Kinder werden nach Hause gehen. Mein Zahn wackelt. Ich möchte ihn hinunterschlucken. Aber die Fee wird das erfahren. Sie wird trotzdem kommen. Ich habe Angst. Ich möchte die Schachtel nicht aufmachen. Oma ist gestorben, und sie ist nicht da. Oma hat Mozartkugeln gegessen. Mama war wütend auf Oma. Sie hat gesagt, Oma ist krank, und sie

darf nichts Süßes essen. Ich bin schuld, dass Oma gestorben ist. Ich habe ihr Mozartkugeln gebracht, als niemand geschaut hat. Da hat sich Oma gefreut. Jetzt ist sie tot. Die Grille mit dem blauen Hut hat gesagt, dass Wünsche in Erfüllung gehen, wenn man sie sich ganz fest wünscht. Aber das stimmt nicht. Ich habe keine gute Fee. Ich will, dass Oma kommt, aber Oma ist tot. Ich will, dass Mama kommt, aber Mama schläft. Mama schläft immer. Ich will, dass die Fee sich in die Waschmaschine setzt. Dass sie erstickt. Aber die Fee ist zu groß. Ich brauche eine große Waschmaschine. Ich brauche jemand Starken, der sie hineinsteckt. Aber niemand ist größer als die Fee. Sie wird wiederkommen. Sie wird meine Hand nehmen.

Ist die Fee böse?
Ja. Sie ist schlimm. Niemand weiß, dass die Fee schlimm ist. Wenn mir alle Zähne ausfallen, wird die Fee nicht mehr kommen. Mein Zahn wackelt. Ich taste mit der Zunge danach. Ich habe Geburtstag, und ich wünsche mir, dass mir der Zahn nicht ausfällt. Nur das wünsche ich mir. Aber aus der Schachtel ist ein Monster gesprungen. Ich bin erschrocken. Der Zahn ist mir ausgefallen. Ich schreie.

Die Kinder haben Angst. Aber sie haben keine Angst vor dem Monster, sondern vor mir. Ich habe sie erschreckt. Alle sind nach Hause gegangen. Sie haben meinen Pinocchio mitgenommen. Ich will zu Mama, aber Mama ist wütend. Papa hat die Schachtel zugemacht. Mama ist immer wütend. Papa hat die Geschenke eingesammelt. Er ist in die Küche gegangen, um eine Zigarette zu rauchen. Ich schäme mich, weil ich den Geburtstag kaputt gemacht habe. Ich höre Mama und Papa. Sie reden über mich. Ich höre die Tür im ersten Stock. Vielleicht ist das Oma. Aber ich bin nicht dumm. Oma ist tot. Es ist nur die Katze. Sie hat sich befreit. Sie hat gelernt, auf die Klinke zu springen. Sie kommt die Treppe herunter. Ich sehe nicht gut, alles ist verschwommen. Ich wische mir die Augen ab. Die Katze steht vor mir und schaut mich an. Zwischen den Zähnen hält sie Omas Prothese. Das ist lustig. Es sieht aus, als würde die Katze lachen. Ich schaue sie an, und sie schaut mich an. Aus meinem Mund hole ich den Zahn, der mir ausgefallen ist. Ich zeige ihn ihr. Aber sie ist eine Katze und weiß nichts. Sie kommt näher und schaut meinen Zahn an. Sie ist wütend, sie glaubt, ich will sie beschwindeln. Sie will mir die Prothese nicht geben. Es ist nur ein kleiner Zahn aus Milch. Nicht genug für einen Tausch. Ich werfe ihn aus dem Fenster, weit weg in den Garten. Die Katze springt hinterher. Sie nimmt Omas Lächeln mit hinaus.

TAG IM SCHWIMMBAD

Für den Kleinen einen Zitronensaft mit Wasser. Für mich einen Verlängerten mit warmer Milch und eine Cola.

Zitrone? Eis?

Wie bitte?

Wollen Sie Zitrone und Eis in die Cola?

Habe ich Zitrone und Eis gesagt?

Nein, aber wenn Sie …

Na also, wenn ich es nicht gesagt habe, dann werde ich es wohl auch nicht wollen.

In Ordnung, mein Herr.

Der Kellner tauscht den Aschenbecher aus. Der Junge sieht zu, wie sich ein sauberer Gegenstand perfekt auf den schmutzigen legt. Der Kellner stellt beide Aschenbecher auf das Tablett und dann den sauberen zurück auf den Tisch. So werden die Aschenbecher in Cafés und Restaurants immer getauscht, und der Junge findet darin für einen Augenblick einen kleinen Trost. Die Dinge gehen so weiter, wie sie begonnen haben. Der Kellner tut ihm leid. Aber dann sieht ihn der Kellner an, lächelt und zwinkert ihm zu, während Papa in die Zeitung schaut. Der Junge erkennt diese Geste. Es ist dieses Lächeln, das kein glückliches Lächeln ist, kein Lächeln wie das, wenn dir jemand einen Witz erzählt, sondern nur hochgezogene Lippen, geschlossen und hochgezogen, und sie bedeuten – armes Kind. Dem Kellner tut der Junge leid, und plötzlich tut dem Jungen der Kellner nicht mehr leid. Er fühlt, dass etwas geplatzt ist, etwas hat die Blase zum Platzen gebracht, die seine Familie geschützt hat, und ist eingedrungen. In sie hinein. Das ist für ihn unerträglich. Blöder Kellner.

Auf dem Stuhl daneben trocknet sein Handtuch. Auf dem Handtuch ist Spiderman. Der Junge wollte ein Spiderman-Handtuch, weil alle ein Spiderman-Handtuch wollen. Es ist das, was man gerade will. In der Schule gab es zu Halloween sechs Spidermans. Der dicke Spiderman, der geweint hat, als ihm die Lehrerin in Mathe eine Drei gab, obwohl allen klar war, dass er eine Fünf verdient hat. Der zweite dicke Spiderman, der seine Popel isst und während der Stunde gern seinen Schniedel aus der Unterhose holt.

Der dritte und der vierte sind zwei Spiderman-Brüder, beide tragen eine Brille und können den Buchstaben R nicht aussprechen. Der fünfte Spiderman war der beste Freund auf der Welt, der in der Klasse am weitesten spucken kann. Der sechste Spiderman war er, der jetzt mit Papa im Café neben dem Schwimmbad sitzt und auf den Zitronensaft wartet, den er nicht ausstehen kann.

Wie sitzt du denn da, schau dich mal an … Setz dich ordentlich hin, sagt Papa, und der Junge richtet sich auf.

Der Kellner bringt Kaffee, Cola und Zitronensaft. Er stellt sie in dieser Reihenfolge auf den Tisch und geht. Auf der Kaffeeuntertasse liegt ein kleiner Zimtkeks. Papa legt die Zeitung beiseite und reißt die Plastikverpackung auf. Er tunkt den Keks in den Kaffee.

Was schaust du mich jetzt so an? Willst du den Keks?

Der Junge lächelt und nickt.

Das geht nicht, du bist schon dick wie ein Schwein, sagt Papa. Trink den Zitronensaft.

Papa bestellt ihm immer Zitronensaft mit Wasser, wenn sie zusammen sind. Und zwar deshalb, weil Zitronensaft gesund ist und der Junge aufpassen muss, dass er sich nicht bald in einen kleinen Dickwanst verwandelt. Er ist an der Grenze. So sagt es Papa. Mama sagt – er ist ein Kind, er wächst da noch raus. Papa sagt – er ist an der Grenze. Für den Jungen klingt das eine wie das andere danach, als würde er sterben. Dann haben sich Papa und Mama scheiden lassen, und Papa hat den Jungen zum Schwimmen angemeldet. Zweimal pro Woche sitzt Papa im Café neben dem Schwimmbad, während der Junge schwimmt. Danach trinken sie Kaffee, Cola und Zitronensaft mit Wasser. Papa liest Zeitung und isst den Zimtkeks. Das nennt man gemeinsam verbrachte Zeit.

Bist du zufrieden mit deinem Schwimmen heute?, fragt ihn Papa, nachdem er den Keks runtergeschluckt und die Krümel mit der Handfläche von seinem grünen Hemd geputzt hat.

Der Junge tut sich schwer mit dem Schwimmen. Oft bekommt er keine Luft mehr und glaubt, dass er ersticken wird, wenn er weiterschwimmt. Er hat kein Gefühl für die Richtung, und dann schwimmt er nach links, links, links, wenn er denkt, dass er geradeaus schwimmt. Er verheddert sich in der schwimmenden Trennleine. Einmal ist er sogar mit einem anderen Jungen zusammengestoßen. Jedes Mal, wenn ihm etwas Beschämendes passiert, taucht er schnell auf, nimmt die Brille ab und schaut Richtung Papa, um zu überprüfen, ob er ihn gesehen hat. Und Papa sieht jedes Mal alles. Von dort aus dem Wasser ist Papa immer trüb und weit weg, aber der Junge erkennt seinen Gesichtsausdruck, und manchmal wünscht er sich, dass die Schwimmstunde länger dauert. Lange genug, dass zumindest etwas Gutes passiert und Papa vergessen würde, dass sich der Junge lächerlich gemacht hat.

Ich bin zufrieden, sagt er endlich.

Du bist zufrieden?

Der Junge nickt noch einmal. In seinem Mund ist es sauer vom Zitronensaft. Auf der Zunge fühlen sich die Zitronenstückchen wie kleine Schnecken an. Sein Bauch tut weh. Er hat das starke Bedürfnis zu furzen, aber das darf er nicht vor Papa.

Ach komm schon, mein Sohn ... Wenn das für dich genug ist, um zufrieden zu sein, können wir dich vom Schwimmen gleich wieder abmelden. Fahren wir zu Olympia, verdammt. Du musst gar nichts mehr lernen. Wir sagen deiner Trainerin, dass die Sache erledigt ist. Wir haben einen zukünftigen Olympioniken unter uns. Ist es nicht so?

Nein, sagt der Junge leise.

Wie bitte? Hör auf zu murmeln und sprich wie ein Mann.

Nein habe ich gesagt.

Ach nein? Was du nicht sagst. Also bist du nicht zufrieden?

Nein.

Das versteh ich jetzt nicht, zuerst bist du zufrieden, dann wieder unzufrieden … Hast du überhaupt eine eigene Meinung?

Ich bin nicht zufrieden.

Ahhh! Der Herr ist nicht zufrieden. Und womit genau ist der Herr nicht zufrieden, wenn man fragen darf?

Der Junge schweigt. Er zuckt die Achseln und starrt den Zitronensaft an. Er ist trüb und voller Stückchen. Der Strohhalm kreist im Glas, und dann drehen sich die Stückchen im Kreis. Wenn er darin schwimmen würde, würden ihm die Augen brennen. Der Zitronensaft würde an seinem Körper beißen. Er würde in dem Strudel ersticken, den der weiße Strohhalm erzeugt.

Wenn du nicht weißt, womit du unzufrieden bist, dann hast du nichts gelernt. Wozu in aller Welt zahle ich dir Trainings, wenn du nichts dabei lernst?

Ich hab nicht gut geatmet, sagt der Junge. Er darf Papa nicht anschauen. Es war wirklich eines der schlimmeren Trainings. Er ist müde zum Schwimmbad gekommen. Irgendwas stimmt mit seinem Bauch nicht. Er konnte sich nicht aufs Atmen konzentrieren, auf die richtige Ausführung der Züge ... Wieder ist er nach links abgedriftet. Jetzt begreift er, dass Papa all das gesehen hat. Die Trainerin hat fünfzigmal dasselbe wiederholt. Und Papa schämt sich dafür. Papa gefällt die Trainerin. Papa gefallen alle Frauen. Manchmal, wenn er besser gelaunt ist, sagt Papa zu ihm *schau mal die*, als ob sie beide erwachsene Männer wären und es zwischen ihnen irgendeine stille Abmachung gäbe. Der Junge lächelt in diesen Momenten immer kennerisch, obwohl er lieber kotzen würde.

Und warum hast du nicht gut geatmet? Hörst du dieser Kleinen zu, wenn sie dir sagt, was du tun sollst? Oder glotzt du ihr auf die Brüste?

Ich hör zu.

Und? Wo ist dann das Problem? Bist du dumm?

Er spürt, wie sein Kinn zittert. Alles an ihm ist nass – die Flipflops an seinen Füßen sind nass, seine Finger sind verschrumpelt, seine blaue Speedo ist nass, sein Nabel immer noch voll Wasser, das Wasser rinnt von den Haaren hinter seine Ohren und die Schultern hinunter. Auch der Spiderman auf dem Handtuch, das auf dem Stuhl trocknet, ist nass. Der Junge spürt, dass er auch von innen nass ist – es ist nass in seinem Hals, nass und sauer, etwas wird größer und möchte durch seine Augen und die Nase hindurch explodieren.

Was ist denn jetzt? Heulst du jetzt wie ein verwöhntes Gör? Der Papa zahlt ihm Schwimmtraining, der Arme, er hat's wirklich schwer im Leben …

Ich muss aufs Klo.

Was hätte ich gegeben, wenn für mich jemand Trainings bezahlt hätte, als ich klein war. Ich hätte nicht hier rumgeheult wie ein Rotzbengel.

Ich muss echt dringend aufs Klo.

Papa lächelt, blickt sich um, so als könnte er nicht glauben, was ihm gerade passiert, und sieht dann wieder den Jungen an.

Na komm jetzt, was willst du, dass ich dich hinbringe?

Der Junge steht auf und watschelt langsam in den nassen Flipflops zur Toilette. Er spürt, dass Papa ihm zuschaut. Er spürt seinen aufgeblähten Bauch über dem Badehosenrand und die Brüste, die bei jedem Schritt beben. Er spürt kalten Schweiß, der durch die bereits nasse Haut dringt. Der Weg zur Toilette ist lang. Rund um das Schwimmbecken sind Kinder mit Eltern, hauptsächlich mit Müttern, sich fotografierende Jungen und Mädchen, und seine Trainerin hat jetzt Pause. Sie plaudert mit einem blonden Rettungsschwimmer, der gepiercte Brustwarzen und ein Tattoo eines Skeletts am Oberarm hat. Durch das Skelett schlängelt sich eine Rose.

Auf der Toilette ist zum Glück niemand. Der Junge öffnet die Kabinentür und verspürt auf einmal einen so großen Drang zu scheißen, dass er es nicht schafft, Papier auf die Klobrille zu legen. Schnell zieht er die Speedo hinunter und schlägt mit vollem Gewicht mit dem Hinterteil auf die nackte Klobrille. Etwas in ihm gibt nach. Seine Därme leeren sich in schmerzhaften Wellen. Gestank steigt auf und zieht unter und über der Kabinentür hindurch. Die Geräusche aufzuhalten ist ebenfalls unmöglich. Aber das ist ihm nicht wichtig. Nur, dass es vorbeigeht. Nur, dass er sich entleert und zum Tisch zurückgeht. Den Zitronensaft wird er nicht mehr trinken. Papa wird ihn noch ein wenig kritisieren, der Junge wird ihn nicht provozieren, er wird sich alles anhören, was anzuhören ist, und dann wird er sich anziehen, und Papa wird ihn nach Hause bringen. Mama wird wissen, was zu tun ist.

Nach einigen Minuten scheint es, als wäre alles, was möglich war, aus ihm herausgekommen. Er spürt in sich den Frieden der Leere und einen schwachen Schmerz, der langsam abklingt. Er ist völlig nass, der Schweiß hat das Wasser besiegt. Als er überzeugt ist, dass der Sturm vorbei ist, greift er nach dem Papier. Von der Rolle hängt lediglich ein einziges dünnes Blättchen. Ihm scheint, als hätte er das gesehen, noch bevor er sich auf die Kloschüssel gesetzt hat, doch er hatte nicht die Kraft, den Durchfall aufzuhalten und nach Papier zu suchen. Jetzt hat er ein Problem. Das Blatt, das ihm zur Verfügung steht, ist so armselig und dünn, dass es genauso effizient wäre, sich den Hintern mit der Hand abzuwischen. Wenn er die Speedo hochzieht und hinausgeht, um Papier zu holen, würde die Badehose schmutzig und stinken. Was, wenn Papa den Gestank riecht? Oder die anderen Kinder im Schwimmbad? Sollte er noch einmal unter die Dusche gehen? Er hat sich schon geduscht, Papa wird wütend werden, wenn er sich vor der Abfahrt noch einmal nass macht. Je länger er in der stinkenden Kabine sitzt, desto deutlicher wird ihm der Ernst der Lage.

In diesem Augenblick klopft jemand an die Tür. Der Junge ist zuerst verwirrt und sagt nichts. Dann ist wieder ein Klopfen zu hören.

Es ist besetzt, sagt er.

Ich weiß. Geht es dir gut, fragt ihn eine männliche Stimme.

Ja … ein bisschen schlecht ist mir.

Hast du Bauchschmerzen?

Jetzt nicht mehr so schlimm.

Durchfall?

Der Junge ist völlig verloren. Er sitzt mit verschissenem Hintern und der Badehose zwischen den Füßen auf der Kloschüssel und spricht mit einem völlig Fremden über seinen Durchfall. Er weiß, dass wer auch immer auf der anderen Seite der Tür steht, auf jeden Fall seine Scheiße riechen kann. Der Stimme nach kann er folgern, dass der Mann jünger als sein Vater ist. Ist es der Rettungsschwimmer mit dem Skelett-Rosen-Tattoo? Schließt seine Arbeit auch so etwas mit ein?

Ich glaube, ich hab etwas Schlechtes gegessen, sagt er endlich.

Hast du Papier dadrinnen?

Nein, sagt der Junge schnell. Nur ein kleines Stück … Ich weiß nicht, was ich tun soll.

Unter der Tür erscheint ein roter Handschuh mit einer Rolle Klopapier. Der Junge ist viel zu glücklich wegen des Papiers, um sich um den Handschuh zu kümmern. Er beugt sich vor und nimmt die Rolle. Es ist keine ganze, aber genug, um das Problem in den Griff zu kriegen.

Vielen Dank, sagt er, während er sich abwischt. Er säubert sich gründlich den Hintern und steht schließlich auf. In der Kloschüssel ist ein totales Desaster.

Schließ den Deckel, bevor du die Spülung drückst, sagt der junge Mann auf der anderen Seite der Tür.

Stimmt, das ist eine gute Idee, denkt der Junge und

klappt den Klodeckel zu. Dann betätigt er die Spülung, wartet, bis der Spülkasten wieder aufgefüllt ist und betätigt sie noch einmal, für alle Fälle. Endlich kann er aufatmen. Er macht sich nur Sorgen, weil er schon so lange wegbleibt. Papa wird das bemerken. Schnell öffnet er die Tür, bereit, der Person zu begegnen, die Zeuge seines Durchfalls geworden ist. Aber da ist niemand. Er schaut nach links, er schaut nach rechts, er überprüft die Kabinen – alles ist leer. Es tut ihm fast leid, dass er keine Gelegenheit hatte, sich bei dem Mann zu bedanken. Gleichzeitig spürt der Junge Erleichterung darüber, dass der Fremde nicht wissen wird, welches Gesicht hinter dem stinkenden Durchfall steht.

Er will gerade die Toilette verlassen, da hält ihn ein Geräusch auf, das von der Decke kommt.

Hey. Ks! Kss!

Der Junge hebt den Kopf und beginnt fast zu schreien. Da oben, in der Ecke zwischen Wand und Decke, hängt Spiderman. Der Spinnenmann in seinem rot-blauen Anzug hängt von der Decke in der Toilette des Schwimmbads. Er ist kleiner, als er ihn sich vorgestellt hat, schlanker, aber dennoch ist er es und niemand anderer. Jeder könnte sich so einen Anzug besorgen, aber nur er – der echte Spiderman – kann von der Decke und den Wänden hängen. Und zwar wegen des Spinnennetzes, das er ausscheidet. Der Junge sieht, wie sich das Spinnenzeichen auf der Brust des jungen Mannes aufbläht und senkt. Dieser Spiderman atmet. Er lebt. Er hängt von der Decke. Spiderman.

Schrei nicht. Ich werde dir nicht weh tun.

Du bist …

Ja, ich bin es. Geht es dir jetzt besser?

Ist es jetzt besser? Oh Gott, das war *er* … Spiderman hat ihm die Klopapierrolle gereicht. Spiderman war der Zeuge seines Durchfalls. Der Junge blickt zum Ausgang. Vielleicht kommt jemand. Er spürt, dass er ohnmächtig wird. Ein paarmal ohrfeigt er sich kräftig im Gesicht.

Was machst du da? Hör auf, dich zu schlagen.

Das ist ein Traum … Das ist ein Traum …, wiederholt der Junge. Niemand wird ihm je glauben. Sie werden denken, dass er ein Irrer ist, ein Lügner. Papa wird ihn bestrafen. Er wird zu ihm sagen, dass er ein kleiner Rotzbengel ist, der versessen auf Superhelden ist. Lügner. Lügner!

Das ist kein Traum. Riechst du den Gestank?, fragt ihn Spiderman.

Tatsächlich, die ganze Toilette stinkt immer noch nach Durchfall. Er schämt sich dafür. Er möchte sich bei Spiderman entschuldigen, aber er ist nicht fähig, das Wort *Durchfall* vor seinem Helden zu sagen. Er schaut erneut zur Kabine, aus der er herausgekommen ist. Obwohl er zweimal hinuntergespült hat, ist die Kloschüssel immer noch schmutzig.

Er möchte Spiderman sagen, dass es ihm leidtut, er wollte sich nicht so anscheißen. Er schaut zur Decke, doch da ist niemand. Der Junge hat nichts gehört, er hat buchstäblich für wenige Sekunden den Blick abgewandt, und Spiderman ist verschwunden. Alle Kabinen stehen offen und sind leer. Wieder ohrfeigt er sich ein paarmal, doch dann erinnert er sich, dass er sich nach dem Kacken nicht die Hände gewaschen hat. Schnell dreht er den Wasserhahn auf und seift sich die Hände ein. Gründlich wäscht er jeden Finger, die Handgelenke und das Gesicht. Die Kälte des Wassers hilft ihm, zu sich zu kommen. Das ist nicht möglich, denkt er, Spiderman gibt es nicht. Der Junge ist acht Jahre alt, er ist kein Baby mehr. Er versteht, dass es viele Dinge nicht gibt. Noch in der ersten Klasse hat er erfahren, dass auch der Weihnachtsmann nicht echt ist. Sein bester Freund hat ihm das erklärt. Und nach dem Weihnachtsmann sind schnell alle anderen aufgeflogen – Batman, Aquaman ... Das sind diese Dinge, die man in dem Moment, in dem man von ihnen erfährt, irgendwie immer schon gewusst hat. Und auch er, der Liebste von allen, der

Spinnenmann. Er war nicht echt. Aber der Junge hat ihn gesehen, so wie er seine Hände sieht. Er hat da oben gehangen, von der Decke, im rot-blauen Anzug. Er hatte eine Stimme, die gleichzeitig sanft und stark war. Außerdem hat ihm jemand die Klopapierrolle geben müssen. Das hat er sich nicht eingebildet.

Nachdem er seine Hände getrocknet hat, verlässt er die Toilette. Er geht am Schwimmbecken vorbei, wo die Trainerin eine neue Stunde hält. Irgendein Mädchen schwimmt hervorragend, kräftig und flink, auf einer geraden Linie. Auch er wird das eines Tages können. Er muss sich nur bemühen. Er muss auf die Trainerin hören. Er kommt zu Papa zurück und setzt sich an den Tisch.

Wo steckst du denn so lange?

Ich hatte Durchfall, sagt der Junge und schaut sein Handtuch an. Plötzlich findet er es seltsam, das Bild irgendeines Mannes auf dem Handtuch zu haben. Eines Mannes, der von der Decke hängt.

Wenn du nur Scheiße isst … Deine Mutter füttert dich mit Scheiße ab. Hast du dir die Hände gewaschen?

Ja.

Gründlich?

Ja, hab ich.

Komm, trink den Zitronensaft aus, und wir gehen. Wir können bei der Apotheke vorbeifahren.

Zwei Mädchen in Badeanzügen gehen am Tisch vorbei. Sie lachen. Eine hat ein Pflaster am Bein, oberhalb des Knies. Die Zweite trägt eine Zahnspange, und der Junge sieht, wie die Klammern blitzen, wenn sie auflacht. Sie gehen auf die Toilette zu. Er ist erleichtert, dass die Damen- und Herrentoiletten voneinander getrennt sind. Er würde nicht wollen, dass diese Mädchen seinen Gestank riechen.

Schau mal, Sohn, schau ... Bisschen alt ist das für dich. Aber für Papa gerade richtig, hehe!, sagt Papa mit einem schiefen Lächeln und schaut ihn verschwörerisch an. Sein Gesicht ist irgendwie deformiert. Während ihn der Junge beobachtet, wird Papas Lächeln noch breiter. Er entblößt seine Eckzähne. Seine Augenbrauen sind spitze Bögen und die Falten irgendwie tiefer als sonst. Auf seinem grünen Hemd sind keine Krümel, es ist strahlend und gebügelt, und die grüne Farbe scheint sich auszubreiten und auch auf Papas Hals und Gesicht und Haare überzugehen. Er kommt nicht darauf, an wen Papa ihn erinnert, aber er weiß, dass er dieses Gesicht schon einmal gesehen hat.

Der Junge hebt den Rucksack vom Boden auf und holt trockene Kleidung heraus. Es ist Zeit, die Kabine aufzusuchen und sich umzuziehen. Es ist Zeit, nach Hause zu fahren. Er schaut noch einmal zum Schwimmbecken, an die Wände und zur Absperrung, zu den Toiletten. Er ist nicht da.

Wo willst du jetzt hin?, fragt ihn Papa.

Ich gehe mich umziehen.

Trink den Saft aus.

Ich mag nicht.

Wie bitte?

Ich sagte, ich mag den Saft nicht. Ich gehe mich umziehen, sagt er und steht auf.

Wie sprichst du da mit deinem …, hört der Junge den bekannten Satz an seinen Nacken prallen. Es ist der Satz, mit dem Papa das Spiel beendet. Der unfaire Spielstein, der alle anderen besiegt. *Wie sprichst du da mit deinem Vater.* Für gewöhnlich würde der Junge verstummen. Zu Boden blicken. Aufhören, mit seinem Vater zu sprechen. Aber dieses Mal geht er einfach weiter Richtung Umkleidekabine.

Er sieht Papa nicht mehr, aber er fühlt ihn. Er fühlt seinen Blick. Papa ist der strahlende grüne Punkt, der hinter dem Rücken des Jungen immer kleiner wird.

BROT

Du bist vierzehn Jahre alt. Du magst diese Hose nicht, aber jemand hat einmal zu dir gesagt, dass du darin *Bombe* aussiehst, und das genügt, dass du sie heute anziehst, damit im Spiegel zumindest eine Idee, wenn nicht eine ganze Person existiert. Als du klein warst, hast du *Fose* gesagt, und alle haben über dich gelacht, doch dieses Lachen war zärtlich, denn es trug die Gewissheit in sich, dass der Fehler auf jeden Fall verschwinden würde, wenn du größer wirst. Jetzt bist du vierzehn und stehst da in der *Bomben*-Hose und betrachtest deinen unförmigen Körper im Spiegel. Der Spiegel ist klein, seine Ränder schneiden dir die Beine oberhalb des Knies und eine Schulter ab. Im Rahmen ist ein missgestalteter Körper, und in diesem Körper bist du. Die Widersprüchlichkeit deines Spiegelbilds ist schmerzhafter als die zu enge Hose. Dein zu kleiner Körper scheidet heißes, dickflüssiges Blut aus. Zwischen den plumpen Beinen eines unbeholfenen Mädchens trägst du einen struppigen Wald, den noch niemand gesehen hat. Selbst Mama nicht, selbst der Arzt nicht. Dein Wald macht dir Angst, denn du bist überzeugt davon, dass ihn andere Mädchen nicht haben. Sie sind sicher glatt da unten, etwas muss mit dir nicht in Ordnung sein. Alle sind größer als du, und fast alle haben Brüste. Ihre Finger sind nicht mehr die Finger kleiner Mädchen, sie halten Bleistifte wie Zigaretten, wiegen sich in ihrem Gang, wissen, wie man sich die Augenbrauen zupft. Du hast einmal versucht, deine zu zupfen, aber du hast es übertrieben, und Papa ist wütend geworden. Er hat dich gefragt, ob du eine Hure sein willst, wenn du erwachsen bist. Du hast den Kopf geschüttelt. Du hast deinen Teller angestarrt, Mama und der Bruder haben geschwiegen, das Restaurant war voll junger Mädchen mit perfekten Augenbrauen. Die werden keine Huren, hast du gedacht. Sie haben keinen Wald da unten und in sich, innen drin. Sie sind glatt. Aber Augenbrauen wachsen nach, und jetzt sind sie wieder üppig im Spiegel. Du versuchst, sie mit den Fingern glatt zu streichen, und dann siehst du deine Nägel, sie sind bis zum Fleisch kurz geschnitten, denn du spielst Gitarre und darfst keine Nägel haben. Einmal hast du sie lackiert, und Papa ist wütend geworden. Er hat zu dir gesagt, dass er Lebenserfahrung habe und dass ein Mädchen, das sich mit vierzehn die Nägel lackiert, mit sechzehn schwanger wird. Deshalb sind deine Nägel farblos und so kurz geschnitten, dass du sie dauernd im Bewusstsein hast. Dieser Schmerz ist ein Schmerz der Grenze, dort wo das Fleisch aufhört und das Blut anfängt. Diesen Schmerz trägst du immer in deinen Fingern, egal was du berührst. Du hast deine Lippen berührt, sie sind rau und schälen sich ab. Mama hat dir einen Balsam gegeben und gesagt, dass du ihn immer bei dir tragen sollst, denn abgenagte Lippen sind nicht schön. Das kommt daher, weil du darauf herumbeißt und sie aufeinanderpresst, sobald dich jemand ansieht. Und es sieht dich immer jemand an: Lehrer, Freundinnen, Jungs, ältere Jungs, die Nachbarin, Mama, Papa. Immer kannst du mit fremden Augen rechnen, wo auch immer du dich befindest, darum wirst du immer an deinen Lippen beißen. Das ist leichter, als zu reden. Wenn die Hausfrau weniger spricht, dann verbrennt das Essen nicht, hat deine Oma einmal zu dir gesagt, als ihr zusammen Kekse gebacken habt. Oma hat auch aufgeplatzte Lippen, sie redet auch nicht viel, aber ihre Brüste über dem festen Knoten an der ausgebleichten Schürze sind riesig. Du könntest sie nicht tragen, du bist überzeugt davon, dass sie dir das Rückgrat brechen würden. Omas Brüste machen dir Angst, genau wie diese paar schwarzen Haare an ihrem kleinen, vorgewölbten Kinn. Zum Plaudern bleibt auch keine Zeit, solang das Essen nicht bereit, sagt sie fröhlich, während sie das Türchen des Küchenofens öffnet. Ihre Brüste reichen fast bis in dessen Schlund. Als du klein warst, dachtest du, dass der Ofen die Großmutter und ihre großen Brüste verschlucken würde. Du denkst auch jetzt daran, während du dein enges Sweatshirt mit einer Aufschrift, die du nicht verstehst, ansiehst. Cool, hat das hübscheste Mädchen der Klasse gesagt, als du letzte Woche in dem Sweatshirt zur Schule gekommen bist. Nein, sie ist kein Mädchen, sondern eine junge Frau. Sie ist bereits eine junge Frau. Du wünschtest, du hättest ihre Haare: lang und gerade, ohne nervigen Wirbel über der Stirn. Als ihr beim Fotografen wart, hat Mama ihre Finger abgeleckt und deinen Wirbel so kräftig nach hinten gezogen, dass du Kopfschmerzen bekommen hast. Das war fürs Familienfoto, dieser Schmerz an deinem Schädel. Jetzt spürst du ihn jedes Mal, wenn du das Bild ansiehst. Du meinst, du siehst auch Mamas Spucke in deinem Haar. Einmal hast du deine Haare mit etwas gewaschen, das sich *Color-Shampoo* nennt, und dann hast du in der großen

Pause die Sonne gesucht, damit alle die roten Funken in deinem Haar sehen könnten. Du wolltest ihnen etwas von dir zeigen, das nicht gewöhnlich und langweilig war. Aber das hat nicht lange gedauert, denn du hattest Angst, dass es Papa auffallen würde. Jeden Morgen wuschst du die Haare mit heißem Wasser, um die rote Farbe abzutöten, bevor er sie sah. Die Hitze brannte auf deinem Scheitel, und du hieltst das aus, denn auch der schwächste Sonnenstrahl hätte genügt, um noch ein Familienessen zu ruinieren. Jetzt bist du da, im Spiegel, wieder gewöhnlich, wieder brünett wie vertrocknete Kastanien, mit zu großen Augenbrauen und einem Wirbel im Haar und aufgeplatzten Lippen. Deine *Bomben*-Hose und dein *cooles* Sweatshirt sind unauffällig genug, damit du dich aus dem kleinen Zimmer stehlen kannst. Du gehst an Mama in der Küche vorbei und an Papa auf dem Sofa und gehst nach draußen. Denn heute ist Samstag, und du musst Brot kaufen. Es ist nur ein paar Minuten Fußweg eure Straße entlang, doch du weißt, dass deine Stadt ein Bienenstock voll Augen ist und du in deine Lippen beißen wirst und in deine Zunge und in deine Wangen, wenn dich heute jemand anschaut und nicht genau dieses Du sieht, das im Rahmen des Spiegels gut genug war, gut genug, dass es Papa nicht aufgehalten hat, bevor es die Tür erreicht hat, gut genug, dass die hübscheste junge Frau in der Klasse sagt, dass es *cool* ist. Es ist egal, dass es nur die Besorgung eines Laibs Brot ist. Du hast den Einkauf erledigt und gehst nun stolz mit der heißen Plastiktüte in der Hand, die Gehsteige sind leer, die Sonne scheint so kräftig, dass du überzeugt bist, sie bringt noch den letzten Hauch roten Color-Shampoos in deinem Haar zum Vorschein. Die Straße ist leer, und du spürst, du kannst alles sein, was du willst. Du fragst dich, ob sich so richtige Frauen fühlen, große Frauen, Frauen mit Brüsten, wenn sie Brot kaufen gehen. Und dann spürst du eine schwere Hand auf der Schulter und eine zweite an deinem Ellbogen. Du kennst sie nicht, sie müssen aus der Nachbarschaft sein, sie stinken nach Schweiß und Alkohol. Die Nähe ist wie dein gestutzter Nagel, es tut fast weh, das Blut ist gleich da, hinterm Rand. Zuerst verstehst du nicht, warum sie so nah bei dir stehen, doch dann fangen sie an zu sprechen, dir in die Ohren zu hauchen, und da begreifst du. Ihr geht deine Straße hinunter, die auf einmal leerer ist als zuvor, obwohl du gerade noch allein warst, und jetzt seid ihr zu dritt. Spitze Härchen kratzen an deiner Wange. Sie sagen dir, dass du einen guten Arsch hast, denselben, den du vorhin im Spiegel gesehen hast, in der Bomben-Fose, nein, Hose, den Arsch eines vierzehnjährigen Mädchens, das seinen Wald verschweigt. Aber jetzt willst du alle Wälder in dir anzünden und dich wie eine Schachtel zusammenfalten in eine einfache Ebene. Du möchtest dich auf zwei Dimensionen reduzieren, nur damit diese Worte in deinem Ohr und dieser Bart an deiner Wange und diese Hände an deinem Ellbogen und dieser beißende Atem in deinen Nasenlöchern verschwinden. Deine Straße ist noch leerer, die Häuser sind wie Schachteln, wie du, hinter ihren Fenstern sind keine Augen mehr, die Mütter sind in der Küche, die Väter schauen Nachrichten. Da musst du allein durch. Er macht weiter. Jetzt sagt er dir, was er mit dir machen würde, er und sein Freund würden das mit dir machen, und du willst nicht weinen, denn dann bist du wieder ein kleines Mädchen, das das Wort *Hose* nicht aussprechen kann, und dann wäre alles das, was hier passiert, noch schlimmer. Du musst es aushalten, wie das heiße Wasser, das die Röte in deinen Haaren tötet, du musst es aushalten, bis du zum Tor gelangst, das fast da ist, ganz nah. Du musst aufhören: in den Füßen, den Beinen, im Bauch, den Ellbogen, den Lungen, den Haaren; das *Du* muss als Ganzes aufhören. Und du hast es geschafft, jetzt bist du nur noch ein Abbild, das die Straße hinuntergeht, dieser Körper aus dem Spiegel, aber ohne dich darin.

Ein Körper, der gesehen, berührt, besprochen, beschimpft, ausgelacht, überfallen wird. Ein Körper, der diese Hose, dieses Sweatshirt trägt, auf dessen Schulter seine schwere Hand liegt. Dieser Körper nähert sich dem Tor und öffnet es, während die beiden ihren Weg mit ein paar letzten Bemerkungen fortsetzen: über den Mund dieses Körpers und den Hals dieses Körpers und was sie alles in diesen Körper hineinstecken wollen. Der Körper trägt die Tüte mit dem warmen Brot, der Körper schmerzt, weil heute daraus Blut fließt, der Körper steigt die Treppe hinauf und beginnt, in seinen zwei Dimensionen zu zittern wie ein verknitterter Geldschein im Wind. Der Körper betritt das Haus des Vaters, und jetzt ist er schon wilder, blutig, verschwitzt, in Tränen aufgelöst, und der Vater nimmt ihn in seinen Arm und fragt ihn, was passiert sei. Der Körper sagt dem Vater nicht, was genau passiert ist, denn es sind nur Worte passiert, die der Körper nicht wiederholen möchte, denn der Körper schämt sich für sich selbst in diesen Worten. Der Körper spürt, dass der Körper schuld ist, er ist aus dem Rahmen des Spiegels und auf die Straße hinausgetreten, um in der *Bomben*-Hose Brot zu kaufen. Er hätte drinbleiben sollen, ohne Beine und eine Schulter. Doch der Vater hält den Körper, der Vater liebt und beschützt ihn. Er beschützt ihn vor der Straße, beschützt ihn vor dem Wald. Der Vater streichelt seine Haare und sagt leise: Wer ist mein Mädchen? Mein kleines Mädchen. Und der Körper schrumpft, bis er klein genug ist, um in Vaters Arme und Vaters Fragen zu passen. Die Wälder im Körper verwelken, und das Blut kehrt in das abgestorbene Gewebe zurück, und die Nägel sind wieder weich wie die eines Neugeborenen. Der Körper erstirbt in den Armen des Vaters, während die Mutter in der Küche das warme Brot aufschneidet. Denn heute ist Samstag, und es ist Zeit fürs Mittagessen.

KREISE

Die Sonne ist stark, und ich werde mich an sie immer als Tyrannen erinnern. Sie hat sich mit dem Sportlehrer verschworen. Ich stehe da in roten Shorts, die meine schiefen Beine verspotten. Die Sonne ist gemein, denn sie bringt die Wunden der ersten Rasur ans Licht. Dieses Jahr habe ich Hüften bekommen, unförmige Schwellungen unter den Beckenknochen, obwohl der Rest von mir noch immer der Körper eines kleinen Mädchens ist. Schau mal, wie süüüß die ist, hat das größte Mädchen in der Schule gesagt. Sie sieht aus wie ein Hund, wie ein süßer kleiner Terrier!

Sie sprach über mich in der dritten Person, als wäre ich tatsächlich ein Tier. Jetzt brutzle ich in den roten Shorts in der Sonne, der dumme Terrier, der nicht wusste, wie er auf die Provokation antworten sollte, sondern einfach so dort stand – töricht und bedeutungslos, wie er ist. Die Sonne schmerzt. Sie ist da, um etwas über mich zu sagen, über meine Beine und meine Shorts, über meine unabänderliche Gewöhnlichkeit, derer ich mir bewusst bin, als ob mir eine Hand oder ein Bein fehlte.

Es ist heiß, und bald laufen wir los. Eine Laufbahn gibt es nicht, wir müssen um die Schule herumlaufen, durch den Hof, dann durch die Öffnung am Drahtzaun hindurch, anschließend die Straße neben den Autos entlang, weil der Gehsteig voller Löcher ist. Am Kiosk biegen wir links ab, und dann geht es zurück auf den Schulhof. Er nennt das einen *Kreis,* der Tyrann im blauen Trainingsanzug, obwohl das mit einem Kreis herzlich wenig zu tun hat. Es handelt sich im besten Fall um ein geknicktes Rechteck, dessen eine Seite durch ein Loch im Zaun führt und sich bis neben einen Kiosk mit belegten Brötchen erstreckt. Der Kreis existiert nur, weil er ihn so nennt. Bestimmt steht irgendwo in seinem Lehrplan, dass die Kinder im Kreis laufen müssen. Die Schule ist der Mittelpunkt seines viereckigen Kreises, und die Stelle, an der er sich mit seiner Trillerpfeife hingepflanzt hat, ist der Anfang des Universums. Sein ganzer Sinn besteht darin, in diese verdammte Trillerpfeife zu pusten. Als hätte er alles andere im Leben verloren und könnte nur noch über Kinderbeine herrschen. Ich hasse ihn. Davor habe ich niemanden gehasst. Die Emotion ist neu, und sie heizt mich mit einer andersartigen Wärme auf. Sie brennt wie eingedrehte Haut. Ich bin dreizehn Jahre alt, brutzle in der Nachmittagssonne und hasse den Sportlehrer. Auch er ist nicht gerade mein Verehrer, damit wir uns recht verstehen. Ich bin ungelenkig, kann nicht über den Bock springen, bin erbärmlich im Volleyball und überhaupt allen Teamsportarten, komme zu spät aus der Umkleide und schon zwei Mal bin ich in einem T-Shirt mit Aufschrift gekommen, was verboten ist. Ein Reines! Weißes! T-Shirt!, schrie er, als wäre es eine Waschmittelwerbung. Ich bin der lebendige Beweis für die Zwecklosigkeit seines Berufs. Er hat das als persönliche Mission aufgefasst, als etwas, das beweisen würde, dass er, so wie er ist – ein zahnloser Tyrann –, Einfluss auf jemandes Leben haben kann. *Auf die richtige Bahn lenken,* so nennt er das. Er würde uns da hinlenken, ob wir das wollen oder nicht, nur dass es eine richtige Bahn bei uns nicht gibt – nur ein Loch im Zaun und eine Straße mit kaputtem Gehsteig. Offensichtlich lenkt uns niemand dorthin. Aber mir ist schon klar, warum ich ihm besonders verhasst bin. Es liegt nicht nur daran, dass ich unsportlich bin und mein Körper es ablehnt, präzisen Anweisungen zu folgen. Er erträgt mich nicht, weil ich eine Eins in Mathe habe. Das stört ihn offenbar, denn er hat ein paarmal gerufen: Na los, Mathematikerin! Jedes Mal schaute er dabei die anderen Kinder an, stolz auf seinen Witz. Vielleicht störe ich ihn, weil ich einen Zweck außerhalb meines Körpers gefunden habe, weil ich mehr bin als ein zufälliger Knoten aus Gewebe und Adern und Gelenken. Ich würde durch die Pflichtschule durchrutschen, ohne ein einziges Mal über den Bock gesprungen zu sein. Das vernichtet ihn. Und deshalb wird er mich zwingen, meinen Körper und all seine Unzulänglichkeiten zu spüren, die, während ich an der Tafel Gleichungen löse, nicht existieren. Er wird mich als Körper erniedrigen. Er wird mich erst gehen lassen, wenn ich anerkenne, dass ich schlecht zusammengebaut bin.

Zunächst hält er uns einen Vortrag darüber, wie wir laufen sollen. Er bringt seinen aufgeblähten Körper in verschiedene Haltungen, die die Position von Armen und Beinen veranschaulichen sollen. Er wiederholt Phrasen wie *besonders wichtig, also* oder *von großer Bedeutung,* wie ein General, ohne sich darüber bewusst zu sein, dass er von Kindern in kurzen Hosen umringt ist. Danach zeigt er uns die anderen – falschen – Haltungen, wie das die tollpatschigen Schüler machen: Sie keuchen und springen wie aufgescheuchte Hühner. Alle lachen, außer mir.

Am Ende dieses armseligen Spektakels streicht sich der Lehrer die Frisur glatt, wirft sich ein Mentholbonbon in den Mund und blinzelt mir zu, um mir zu verstehen zu geben, dass sich dieses Herumfuchteln und Keuchen auf mich und mein Laufen bezogen haben. Die Sonne wird immer heißer, und mein Hass quillt auf wie Teig, schwillt an vom Scheitel bis zu den Zehenspitzen.

Überall um uns sind Häuser. Die meisten davon sind leer, weil die Kinder in der Schule und die Erwachsenen bei der Arbeit sind. Das bedeutet, begreife ich plötzlich, dass darin vor allem Pensionisten sind. Sie sehen uns zu. Sie sehen mir zu. Sie sehen mir zu, wie ich laufe und wie ich wieder einmal ausnahmslos als Letzte ins Ziel komme, nachdem sich die anderen Mädchen bereits wieder abgekühlt haben. Mit Pensionisten habe ich im Allgemeinen kein Glück. Immer findet sich irgendeine alte Frau aus der Nachbarschaft, um mich zurechtzuzupfen, geradezurücken, festzuziehen. Ist mir denn nicht kalt darin? Ist mir denn nicht heiß darin? Was für ein süßes Mädchen, ach schau mal, wie sie die Beine eindreht beim Laufen. Beiß nur die Nägel, später wird's dir leidtun. Du machst dir noch die Augen kaputt. Du machst dir noch das Rückgrat kaputt. Du machst dir noch die Nieren kaputt. Immer mache ich mir etwas kaputt, während sie mich anschauen. Ich war in deinem Alter einen Kopf größer. Ich bin in deinem Alter über den Bock gesprungen. Ich war in deinem Alter Schulmeisterin im Volleyball. Ich stehe im Schulhof und höre all das, es dringt durch die Ritzen der heruntergelassenen Rollläden, kriecht die Straße entlang, schlüpft durch den Drahtzaun und klettert meine schiefen Beine herauf. Hinter jedem Fenster stehen eine alte Frau und ein *Ich war in deinem Alter.* Sie hassen uns, weil wir jung sind und laufen können. Aber noch mehr hassen sie mich, weil ich einen Körper habe und nicht weiß, wie man ihn benutzt. Abgesehen von alldem habe ich, damit die Erniedrigung vollkommen ist, eine Beule von der Größe einer Walnuss auf der Stirn. Vor ein paar Tagen ist der Fotograf in die Schule gekommen, um Gruppen- und Einzelporträts von den Schülern zu machen. Mich hat das derart nervös gemacht, dass ich am Tag des Fotografierens direkt nach dem Verlassen der Wohnung die Treppe hinuntergefallen bin. Die Schultasche auf dem Rücken hat mich gerettet. Die Nachbarin aus dem ersten Stock, die meinen Fall von der ersten bis zur letzten Treppenstufe verfolgt hat, half mir aufzustehen und sagte: Ach mein Kind, du wirst es im Leben nicht leicht haben …

Gleich geht es los. Es dauert schon zu lange. Die Lektionen und Dehnübungen sind vorbei. Ein Mädchen hat einen Spagat gemacht, den niemand von ihr verlangt hat, worauf der Lehrer durch das Mentholbonbon hindurch sagte: S'gibt kein *Wer kann und wer kann nich*, sondern nur *Wer will und wer will nich*.

Wieder hat er mir zugeblinzelt. Und er hat ja recht. Ich will keinen Spagat machen. Mir fällt keine sinnlosere Körperhaltung ein. Sollte ich vielleicht jemals zwei Dinge an gegenüberliegenden Enden eines Raums erreichen müssen und sie mit den Beinen greifen wollen, als wäre ich ein Affe? Ich kann gehen, sitzen und liegen, hochsteigen, hocken, springen und, zumindest zwei Minuten lang, laufen. Als menschliches Wesen habe ich nichts weiter nötig.

Das Geräusch der Trillerpfeife schneidet die Luft in ein Davor und ein Danach und erfüllt mich mit reiner Wut. Ich bin gelähmt. Die anderen Kinder sind schon losgelaufen, als hätte sie das Geräusch versengt, und ich stehe nur da und schaue ihnen zu, wie sie kleiner werden. Ich denke an unsere fernen Urahnen in irgendwelchen Steppen und Savannen. Warum sind sie gelaufen? Damals gab es kein Laufen, nur die Flucht. Flucht vor dem Löwen, vor dem

Bären, vor Naturkatastrophen. Fast immer zum Scheitern verurteilt. Wovor flüchteten wir? Vor der Trillerpfeife oder vor dem Lehrer?

Hallo, Mathematikerin! Jetzt lauf auf der Stelle los, sonst fällst du in Sport durch. Hast du mich gehört?

Ich falle in Sport durch. Ständig falle ich durch oder hinunter oder um, wie bei der Treppe, oder vor dem Bock. Er muss stolz darauf sein, dass man für die schlechteste Note das Wort *fallen* verwendete, ein Körperverb. Niemand würde zu einem sagen, dass man *aufgestanden* ist, wenn man eine Eins bekommt.

Du kriegst eine schlechte Verhaltensnote, wenn du nicht auf der Stelle losläufst!

Verhaltensnote. Er ist der, der in diesem Moment bestimmt, wie sich mein Körper verhält. Auf *seiner* Stelle. Auf dem Beton des Schulhofes neben einem Ball und einer Packung Mentholbonbons liegt das Klassenbuch. Ich spüre die Sonne wie eine Bestrafung, ich spüre die offenen Fenster aller alten Frauen, und schon höre ich den Aufprall von Turnschuhen – die ersten Jungs kommen ins Ziel.

Ich laufe los. Ich weiß nicht, warum. Es gibt kein *Warum,* das hier ist ein Lauf um die Schule herum auf einer rechteckigen Bahn, eine Banalität, die sich selbst erklärt und nichts anderes. Die Jungs holen mich ein, starten in die zweite Runde, und ich habe erst begonnen. Sie rufen mir etwas zu, aber ich höre sie nicht vor dem Pulsieren des Bluts in den Ohren. Ich laufe. Das Laufen fällt mir schwer. Mit jedem neuen Schritt möchte ich mich aufrichten, die Arme richtig positionieren, den Atem beruhigen und den ganzen Fuß aufsetzen. Aber der Körper gehorcht mir nicht. Der Körper hat keine Zeit zum Nachdenken, zum Korrigieren, er ist nur dazu da, weiter und weiter und weiter zu laufen.

Ich laufe bis zur Öffnung am Zaun, und in dem Wunsch, so schnell wie möglich durchzuschlüpfen, bleibe ich mit der Schulter am abgeschnittenen Ende des Drahts hängen und schürfe mich auf. Als wäre der gesamte Raum nur da, um mich zu bestrafen. Alles hat sich mit dem Lehrer verschworen. Er, seine Trillerpfeife, der Zaundraht, die Löcher im Gehsteig – alles ist da, um mir zu beweisen, dass ich nur ein Körper bin und nichts mehr als das. Dieser Körper schmerzt jetzt – die Schürfwunde brennt, die Beule ist erwacht und pulsiert, die Adern an meinem Hals wollen explodieren, meine Lungen schrumpfen, und von der Seite spüre ich einen Stich, als ob mich eine der alten Frauen mit einem Pfeil getroffen hätte. Ich laufe. Das Laufen fällt mir schwer. Die

Sonne ist metallisch auf meinen glatten Turnschuhen. Die anderen Mädchen haben schon den ersten Kreis geschafft. Sie holen mich ein. Ihre glatten Waden verlieren sich im Staub. Ich wirble keinen Staub auf. Ich atme ihn nur ein.

Einmal hat mir das Laufen Spaß gemacht – im Frühling, auf der Wiese hinter dem Haus meines Großvaters. Mein Bruder und ich haben darum gewettet, wer länger mit geschlossenen Augen laufen kann. Es war nicht wichtig, mit welcher Geschwindigkeit, solange man nicht erschrak und die Augen öffnete. Der Raum war verschwunden, ich lief in der Dunkelheit meines Kopfes und rannte ins Unbekannte. Am Ende habe ich doch die Augen geöffnet, ich fürchtete mich davor, dass sich aus dem Nichts ein Abgrund auftun würde, dass ich hineinfallen und verschwinden würde.

Jetzt darf ich die Augen nicht schließen. Ich bin auf der Straße, es könnten mich Autos anfahren, und auch der Gehsteig ist zerklüftet. Ich laufe. Das Laufen fällt mir schwer. Ich wünschte, ich wäre eine Murmel. Dann würde ich in irgendein Loch hineinrollen, und der Sportlehrer würde gekündigt, weil er mich verloren hat. Ich wünschte, ich könnte zumindest verstehen, warum ich laufe, wovor ich flüchte, und wohin. Ich wünschte, all das hier wäre nicht so wichtig, oder zumindest, ich wäre nicht die Einzige, die keinen Sinn in diesem Lauf um die Schule sieht. Wir sind doch nicht wegen so etwas Menschen, möchte ich zu ihnen sagen. Aber alle überholen mich. Sie haben keine Zeit. Das hier bin ich nicht, würde ich zu ihnen sagen. Mein kleiner Körper sagt nichts über mich aus. Ich bin darin, in der Dunkelheit, breite mich nach allen Seiten aus. Aber das sieht niemand.

Ich laufe. Das Laufen fällt mir schwer. Der viereckige Kreis dehnt sich aus. Die anderen sind schon fertig. Der Lehrer notiert ihre Zeiten in ein kleines kariertes Heft. So sagt er das, *Zeiten.* Jedes Kind hat seine Zeit, jedes von uns ist eine Zahl in den Kästchen seines Hefts. Atemlos und überhitzt komme ich ins Ziel. Ich setze mich auf den Boden und ringe nach Luft. Er hebt den Blick vom Heft. Er runzelt die Stirn. Die Schulglocke läutet.

Drei Kreise, Mathematikerin.

Die anderen Kinder gehen in die Umkleide und sind schon mit etwas anderem beschäftigt. Die Schule ist für sie wieder eine Schule und nicht der Mittelpunkt des Kreises.

Aber ich komme zu spät zur nächsten Stunde.

Dlei … Kleise, wiederholt er durch das Bonbon. Die Stoppuhr in seiner Hand läuft noch immer.

Meine Zahl wächst an und erniedrigt mich. Der Lehrer freut sich sicher über jede Minute, die er bei meinem Namen im Heft dazuschreiben kann. Jetzt sind wir allein im Hof. Er, die Stoppuhr und ich. Meine Zeit ist über die anderen Zeiten hinausgewachsen. Ich weiß, dass es Regeln gibt – wenn man drei Kreise in einer bestimmten Minutenzahl läuft, bekommt man eine bestimmte Note. Ich muss kein Genie sein, um mir auszurechnen, dass ich schon eine Fünf bekommen habe. Ich bin *durchgefallen.* Aber er wird mir nicht einfach eine Fünf im Laufen geben und mich gehen lassen. Er hat *dlei Kleise* gesagt, und sein Wille wird nicht von der Schulglocke übertönt. Die Glocke ist die äußere Uhr, die uns vereint und alle unsere Zeiten in eine verwandelt. Seine Stoppuhr muss das überbieten.

Noch einmal laufe ich los. Ich spüre, dass ich zu heulen beginne, wenn ich weiter da unter dieser Sonne und seinem Blick bleibe. Diesmal bin ich ein bisschen schneller. Ich bin geschickt durch den Zaun geschlüpft und weiß, welchen Löchern im Gehsteig ich ausweichen muss. Wieder sticht es mich in der Seite, dabei habe ich noch nicht mal den Kiosk erreicht. Es ist erst der zweite Kreis, ein Drittel des zweiten Kreises. Ich bleibe stehen, um Luft zu schnappen, die Tränen laufen bereits. Mit dem Ärmel wische ich mein Gesicht ab. Alles ist salzig, als ertränke ich in einem unsichtbaren Meer. Ich muss schnell am Lehrer vorbei und den letzten Kreis beginnen, damit er nicht sieht, dass ich weine. Dort drin in der Schule haben die anderen schon aufgehört, nur Körper zu sein. Sie sprechen über die Knochen irgendwelcher Tiere, die Hauptstädte Afrikas, Themen und Intentionen irgendeines Buches, Gleichungen mit zwei Unbekannten. Aber ich nicht. Ich bin nur Knochen, nur Gelenke. Ein Kampf um Luft, von der immer weniger da ist.

Nach dem Kiosk nehme ich Anlauf und laufe, so schnell ich kann, in den Schulhof. Nur noch ein Kreis und ich bin frei. Das hier ist erniedrigend, aber es hat ein Ende. Da fällt mir etwas Seltsames auf, eine Abweichung vom Protokoll. Als ob auf einem Bild, das ich zahllose Male gesehen habe, jetzt eine neue Figur erschiene. Der Sportlehrer ist auf alle viere niedergegangen, hustet und schlägt sich mit der Hand gegen die Brust. Ich werde langsamer. Der Anblick allein ist so unnatürlich, dass ich spüre, wie ich stehen bleiben und zusehen muss. Der Mann ist am Boden. Er erstickt. Das Mentholbonbon? Seine Augen sind rot, weit aufgerissen, die Zunge hängt ihm aus dem Mund, und die Luft weigert sich, in seinen Körper einzudringen. Dieser Kampf ist hörbar.

Das durchdringende Knarren einer verkeilten Tür. Es klingt wie ein alter Mann, der verwirrt ist und sich nicht erinnert, wie man etwas sagt.

Da sieht er mich an. Wir sind die einzigen Menschen auf dem Schulhof. Und der Hof ist groß. Der Lehrer kommt auf mich zu, auf allen vieren, wie ein gequältes Tier. Neben ihm auf dem Beton tickt die Stoppuhr immer noch die Zeit ab. Meine Zeit. Sie ist jetzt auch seine Zeit – das Intervall, in dem seine Lungen und sein Gehirn keinen Sauerstoff bekommen. Wie lange erstickt er schon?

Ich stehe da und schaue seinen Körper an. Die Trillerpfeife hängt um seinen Hals und schleift über den Beton. Der Lehrer schlägt sich mit der Faust auf die Brust und den Bauch. Er signalisiert mir etwas, zu kommen, etwas zu unternehmen, aber ich kann mich immer noch nicht bewegen. Meine Schürfwunde juckt. Er wirkte immer beherrscht und stolz in den hässlichen raschelnden Trainingsanzügen. Jetzt ist die Würde verschwunden. Der Kreis ist kein Laufkreis mehr. Er dehnt sich ins Unendliche aus, um uns herum, weit weg von anderen Menschen und ihren kräftigen Fäusten. In der Mitte der viereckigen Arena sind nur er, ich und der Sauerstoff. Der Lehrer hat bereits ein anderes Gesicht, eine andere Hautfarbe und Augenfarbe. Etwas werde ich tun. Ich werde mich bewegen. Ich werde jemanden rufen. Wir beschreiten den dritten Kreis. Alles um uns herum ist ruhig. Langsam kommen Wolken und verdecken die grausame Sonne. Das offene Heft liegt auf dem Beton. Der Wind blättert unbekümmert seine Seiten um.

Ich weiß, was ich tun muss. Wir haben das im Erste-Hilfe-Kurs geübt. Ich muss hinter ihm stehen, meine Fäuste unterhalb seines Brustkorbs positionieren und kräftig zudrücken. »Hinein und nach oben«, sagte die Krankenpflegerin während der Demonstration an der Puppe. Die Puppe haben wir Milivoje genannt, und es war uns egal, ob sie überlebt. Aber das hier ist nicht Milivoje. Das hier ist der Sportlehrer, und die einzigen Fäuste in seiner Nähe sind die Fäuste der tollpatschigen kleinen Mathematikerin. Die Dinge weiß. Bestimmte Tatsachen. Wie zum Beispiel, dass das Gehirn irgendwann zwischen vier und sechs Minuten ohne Sauerstoff stirbt.

Ihr habt nicht viel Zeit, hat uns die Krankenpflegerin erklärt, ihr müsst schnell reagieren, denn das Gehirn ist sehr, sehr empfindlich.

Ich habe mir alles gemerkt, was sie gesagt hat. Ich habe ein gutes Gedächtnis. An diesem Tag habe ich eine Zwei bekommen. Eine Zwei würde wahrscheinlich genügen, um ihn zu retten. Obwohl – überlege ich, während ich ihm zuschaue, wie er vor mich hin kriecht und versucht, mich am Bein zu fassen – ich bin um einiges schwächer als er. Kleiner. Selbst wenn ich versuchen würde, diesen Griff auszuführen, ich glaube nicht, dass ich genügend Kraft hätte, um die Luft aus dem Lehrer herauszudrücken. Ich würde den anderen sagen, ich hätte es versucht, aber einfach nicht geschafft. Warum hast du niemanden gerufen? Habe ich, würde ich sagen, aber ihr habt mich nicht gehört. Ihr wart in der Schule. Er war schon bewusstlos, als ich hingelaufen kam. Ich habe euch gerufen, gleich als ich ihn gefunden habe.

VORSPIELABEND

Du hast mir von ihm erzählt. Geschichten, die ich so viele Male gehört habe, dass ich sie nicht mehr angehört habe, um zu erfahren, was passiert, sondern um dein Gesicht zu beobachten, während du sie wiederholtest. Ich wollte einen Unterschied im Erzählen einfangen. Du liebtest es, eure gemeinsame Geschichte nachzuerzählen, wann immer er nicht da war. Papa fuhr oft auf Geschäftsreisen, so oft, dass du ihm gern sagtest: Dein Kind wächst ohne Vater im Haus auf! Immer mit Betonung auf *Vater* und immer *dein Kind,* in der Hoffnung, zumindest in diesem Satz uns einander näherzubringen, beziehungsweise euch. Ich war *sein Kind* und bin ohne Vater aufgewachsen. Aber das war Teil des Spiels – ein falscher Zug, Stille, der erste Satz, die Entwicklung des Dramas, bis hin zum Höhepunkt, der immer gleich war – ich, *sein Kind,* im Haus ohne Vater. Du gestandst ihm deine Schuld ein, er akzeptierte das, und nach Geschrei und Gepolter folgte die kathartische Reue. Die letzte Szene war immer die gleiche – du verziehst ihm sein Verhalten als Beweis, dass du eine großherzige Frau warst, die ihr Opfer stoisch akzeptierte, du gabst zu, dass er die Brötchen verdiente, dass du wusstest, wie schwer er es hatte, und da ereignete sich die große Versöhnung mit mir als Umarmungsrequisite. Doch ich hatte nicht das Gefühl, ohne Vater im Haus aufzuwachsen. Am meisten war er anwesend, wenn er nicht da war, weil dann deine Geschichten anfingen.

Du erzähltest mir von eurer Hochzeit. Am liebsten mochtest du es, die Komplimente zu zitieren, die du an diesem Tag bekommen hast. Du nahmst ganz die Gestalt der Person an, die dir das Kompliment gab – du legtest die Stirn in Falten, verzogst das Lächeln, verändertest die Stimme – verdammt, Mieze, siehst du gut aus –, dann lachtest du wie eine Diva, die scheinbar nicht verstand, woher all diese Komplimente kamen, obwohl es völlig logisch war, sie zu erhalten. Schon da begriff ich, wie wichtig es dir war, mir die mündlichen Evangelien über deine Schönheit zu erzählen, deiner Nachkommin, der Zeugin, die dich überdauern würde. Mich interessierten die Details – was Opa anhatte, was für eine Torte es gab, was der Standesbeamte gesagt hat, ob sich jemand betrunken hat – aber du winktest nur verächtlich ab. Es konnte nicht einfach irgendeine Geschichte über irgendeine Hochzeit sein. Nein, es war eine *Liebesgeschichte,* und in Liebesgeschichten gibt es nicht zu viele Details.

Papa reiste ab, die Geschichten fingen an, und du ließt dich ganz und gar gehen. Deine Augenbrauen wuchsen, dein Oberlippenbart wuchs, die Haare auf deinen Beinen und unter den Achseln, und sogar manche an deinem Kinn wuchsen. Ich sah zu, wie dein Körper weich, wollig wurde, wie seine versteckte Wahrheit langsam aus deinen Poren trat und dich still zudeckte. Dein Teint war anders, weil du kein Puder auflegtest. Deine Haare waren glatt, weil du sie nicht auf Wickler drehtest. Der Nagellack schälte sich ab, bis nur noch ein einziges Fleckchen in der Mitte jedes Nagels übrig war. Du verbrachtest die Tage im Pyjama, der nach Schlaf, Schweiß und Speichel roch. Morgens holtest du eine Dose Coca-Cola aus dem Kühlschrank und trankst sie bei einer Zigarette aus, während du Teleshopping gucktest. Im Fernsehen waren die Leute zuerst schwarz-weiß, sie litten, hatten Schnittwunden, Kopfschmerzen, Depressionen und Haushaltsgeräte, die auseinanderfielen, wenn man sie ein wenig fester anfasste.

Danach war der Bildschirm farbig, und die Teleshopping-Menschen waren auf einmal glücklich. Das tröstete dich – ein magischer Staubsauger oder ein Schinkenmesser, und die Welt war wieder farbenfroh. Glückliche Familien und eine große Telefonnummer über ihrem Lächeln.

Am liebsten erzähltest du von dem Tag, an dem ihr euch kennengelernt habt. Auch diese Geschichte klang wie eine Teleshopping-Werbung in Farbe, nachdem man das richtige Produkt gekauft hatte. Immer verwandtest du am meisten Zeit darauf, dich selbst zu beschreiben – dein Kleid, die Knöpfe am Kleid, die Stickerei am Kleid, die Farbe des Kleids, die du Himmelblau nanntest, danach die Frisur, den Schmuck, das Make-up (immer mit einem *Weißt du, das hat man damals so getragen*), die Schuhe, das Riemchen am Schuh, die Tasche, die du dir von deiner Mitbewohnerin ausgeborgt hattest, immer dieses Detail, dass die Tasche nicht dir gehörte und dass eigentlich gar nichts darin war, aber wichtig war, dass die Tasche zu dem *himmelblauen* Kleid passte. Dann die Geschichte von den Platanen, von der Anzahl der Platanen, von der Farbe der Platanen, vom Wind, der weder zu stark noch zu schwach war, sondern *gerade richtig*, das war dein liebster Ausdruck, auch die Sonne war *gerade richtig*, und der Frühling war *gerade richtig*, und ich habe nie verstanden, wofür genau all das *gerade richtig* war. Bevor du in der Geschichte überhaupt zu Papa kamst, musstest du dich selbst erschaffen – dich anziehen, schminken, dir eine Frisur machen, alles immer wieder, so dass er dich *neben den Platanen erblicken* konnte, so dass auch ich dich erblicken konnte und so dass die ganze *gerade richtige* Welt stehenblieb und deine Erscheinung bewunderte. Während du erzähltest, schaute ich den paar Härchen an deinem Kinn zu, wie sie sich auf und ab bewegten, und dem Oberlippenbärtchen, das beim Lächeln hopste, während sich der Geruch deiner Achseln säuerlich im Wohnzimmer ausbreitete. *Dann erblickte er mich neben den Platanen.* Nie beschriebst du ihn, nicht im Detail. Er war einfach *gut aussehend*. Aber erst später habe ich begriffen, dass Papa als solcher in der Geschichte keine andere Funktion hatte als die, *dich* zu erblicken. Papa war da, um dich in Szene zu setzen, um dich zu bezeugen. Jemand musste dich sehen.

Dann reiste Papa ab, und du bliebst ohne Kamera zurück. Es war dir nicht wichtig, was ich sah. Du hast dich nicht einmal selbst angeschaut. Die Spiegel blieben leer – in ihnen reflektierten der Raum und die langsam vergehende Zeit. Du hast nur geredet und geredet, Cola getrunken, das Telefon angeschaut. Manchmal warst du stolz – du spieltest die Braut, die darauf wartete, dass ihr Liebster von der Armee zurückkehrte. Manchmal warst du wütend – ach weißt du, wie diese Kolleginnen von ihm sind, *die warten doch nur auf eine Gelegenheit.* Manchmal umarmtest du mich unter tiefem Seufzen – du warst die alleinerziehende Mutter und *wir armen beiden allein im Haus.* Wenn seit dem letzten Anruf zu viel Zeit vergangen war, lagst du zusammengekauert auf dem Sofa, starrtest den Gummibaum in der Ecke an oder durch ihn hindurch und sagtest gedehnt: *Komm, spiel uns was vor.* Ich stellte den Fernseher ab und setzte mich ans Klavier. Darauf waren für gewöhnlich Noten, die ich immer weniger übte. Ich erinnere mich an die Illustration eines wütenden Beethoven. Es war mein letztes Jahr in der Musikschule, bevor ich mich abmeldete. Ich war zwölf Jahre alt und bereitete mich auf meinen letzten Vorspielabend vor, obwohl ich da noch nicht wusste, dass es mein letzter sein würde.

Ich hasste die Musikschule. Ich hasste den dumpfen Gestank von Desinfektionsmittel im Flur, der zu meinem Unterrichtsraum führte. Ich hasste den Klang der Skalen, die auf verschiedenen Instrumenten heruntergespielt wurden, und die Stimme der Gesangslehrerin, die jede Musik mit ihrem verärgerten *TA TA TA TA* übertönte. Ich hasste die vergilbten Komponistenfotos an den Wänden und die Wärme, die der Hintern der vorigen Schülerin auf dem Bänkchen hinterlassen hatte. Aber am meisten von allem hasste ich meine Klavierlehrerin, die im Prinzip in ihrem Job gar nicht schlecht war und mir auch nicht wie ein schlechter Mensch vorkam, aber sie gab es so schnell mit mir auf, dass sich die Stunden in eine wiederkehrende sinnlose Qual für uns beide verwandelten. Auch sie hasste mich offensichtlich. Vielleicht, weil ich sie an die Sinnlosigkeit ihrer Arbeit erinnerte. Eine Klavierlehrerin in einer kleinen Provinzstadt, in der mit ein wenig Glück alle hundert Jahre ein wahres Talent hervorgebracht wurde, und das, allem Anschein nach, nicht zu ihrer Zeit.

Ich war nicht faul, am Anfang übte ich jeden Tag. Papa und Mama kamen zu den Vorspielabenden in die Schule. Es war augenscheinlich, dass ich keine Virtuosin war, ich spielte korrekt und nicht mehr als das, doch die Lehrerin bemühte sich damals noch, aus mir das herauszuholen, was sie *mein Maximum* nannte. Mir schien, als wäre dieses *mein Maximum* eine schwere Last, die ich durch meine Finger gebären sollte und die ich lieber begraben lassen hätte. Ich übte täglich einige Stunden lang und kannte alle

Stücke auswendig. Das Problem lag nicht in der Technik – ich traf die richtigen Töne zur richtigen Zeit und widersetzte mich nie dem Metronom. Gut, sagte dann die Lehrerin, jetzt haben wir das Skelett. Lass uns ihm jetzt ein wenig Leben einhauchen! Und ich spielte dieselben Töne im selben Rhythmus und begriff nicht, was diese Frau von mir wollte und über welches *Leben* sie sprach. Außerdem jagte mir diese Geschichte über das *Skelett* und das *Leben* Angst ein. Für mich waren die Klavierstunden einfach ein Tauschgeschäft – ich wollte eine Eins bekommen, weil ich das spielte, was auf dem Papier stand, und nach Hause gehen. Aber sie bestand immer noch auf diesem *Maximum,* von dem ich lange vor ihr begriffen hatte, dass es nicht existierte. Schau dir diesen Teil hier an, sagte sie, das ist eine Phrase, sie hat ihren Anfang und ihr Ende, wie ein Satz, wie Poesie, das musst du fühlen, aber du haust drauf herum, als würdest du ein Schnitzel klopfen! Ich schaute die Noten an und suchte darin Anweisungen für Gefühle. Für mich waren das Pünktchen und Striche, ordentlich auf fünf parallelen Linien verteilt. Sie hatten ihre Bedeutung, die ich in Klaviertasten übersetzte. Sie hatten ihren Platz und ihre Dauer. Mir gefiel die straffe Ordnung eines Taktes und die Zahlen, die seine Länge bestimmten. Aber all das genügte nicht. Die Lehrerin setzte sich neben mich ans Klavier und spielte dasselbe Stück, nur anders. Sie schnitt Grimassen beim Spielen, wiegte sich vor und zurück, rollte mit den Augen, atmete so laut ein und aus, dass das alles zusammen sehr schmerzhaft für sie zu sein schien, und ich dachte, dass ich so was nie im Leben selbst durchmachen möchte. Mehr als alles andere schämte ich mich, ihr zuzusehen. Sie spielte mit dem ganzen Körper, die Musik drang in sie ein und quälte sie, und ich hatte das Gefühl, irgendwo zu sein, wo ich nicht sein sollte. Dann kam sie endlich zum Ende, hielt mit geschlossenen Augen inne und atmete langsam aus, die Hände über den Tasten schwebend. Mit den Händen fächelte sie sich die Musik zu und schnupperte daran, als hätte sie gerade Eintopf gekocht und nicht eine Sonate gespielt. Leben, seufzte sie, Emotion! Das will ich hören!

Aber es war alles umsonst. Nach ihrem Seufzen und Wiegen spielte ich noch härter und kälter als zuvor. Mit diesem beschämenden Spektakel wollte ich nichts zu tun haben. Ich war sicher, dass zwischen mir und Beethoven, mir und Bach, mir und allen anderen toten Männern, die all diese Noten aufgeschrieben hatten, ein stilles Einverständnis darüber bestand, uns nicht zum Affen zu machen.

Du hattest keine Ahnung von klassischer Musik oder von *Skeletten* und *Leben* beim Spielen. Wenn du von den Geschichten müde wurdest, batst du mich vorzuspielen. Irgendetwas. Ich hob den Deckel an, legte den dunkelroten Stoff beiseite, der die Tasten vor Staub schützte, und brachte die Hände in die richtige Position. Ich spielte aus dem Gedächtnis, was immer in diesem Monat auf dem Programm stand. Ich schaltete das Gehirn aus und ließ die Finger auf Autopilot laufen. Es gefiel mir, wie die Finger ihr eigenes Gedächtnis hatten, wie sich der Körper Bewegung merkte, ohne zu viel Nachdenken. In dem Moment, wenn ich ein Stück auswendig gelernt hatte, verschwanden die Noten aus dem Kopf, die Musik trennte sich von ihrer Niederschrift. Es existierten nur Bewegung und Klang. Die gefühllose Trägheit der Finger. Ich wusste, dass das alles schlecht war, dass mein Spielen schmerzhaft durchschnittlich war und mich die Lehrerin wieder anschreien würde, wenn sie mich hörte. Aber dir gefiel es. Mein Geklimper breitete sich in unserer Wohnung aus, die Töne drangen in die Schubladen ein, verzogen sich hinter die Vorhänge, streichelten die Lehne von Papas Armsessel, füllten alle leeren Gläser in der Küche, verdichteten die Luft um dich herum. Ich erzeugte etwas. Nicht die Geschichte oder die Gefühle waren wichtig, worauf die Lehrerin immerfort beharrte. Es mussten Vibrationen produziert, Klangmaterial erschaffen werden, das den leeren Raum ausfüllte. Etwas, um dich zu berühren.

In diesem Jahr richtetest du mir ein blaues Kleid für den Vorspielabend her. Du gingst langsam von Zimmer zu Zimmer, von der Küche ins Bad, mit dem zerknitterten Kleid in Händen, als versuchtest du, dich zu erinnern, warum du es überhaupt herumtrugst. Du bügeltest es langsam. Ich fragte dich, ob ich die Haare zusammenbinden oder offen lassen sollte.

Ich mach dir einen französischen Zopf, sagtest du ernst.

Immer noch trugst du Jogginghosen. Auf dem Sofa lag ein langes graues Kleid mit gelben Blumen. Ich hatte es für dich herausgesucht, doch du nicktest desinteressiert in seine Richtung, als ob dich das Kleid etwas gefragt hätte. In zwei Stunden mussten wir in der Musikschule sein. Ich rechnete mir aus, dass noch Zeit blieb. Du würdest es schaffen, duschen zu gehen, die Haare zu waschen und zu föhnen, das Kleid mit den gelben Blumen anzuziehen. Ich wollte dir Nagellackentferner bringen, damit du den abgenutzten Lack abmachen konntest, aber ich hatte Angst, du würdest denken, dass ich dir etwas vorschreibe. Du warst auf mein Kleid fokussiert. Als du es gebügelt hattest, hängtest du es an der Tür auf. Der Wind, der durch das Küchenfenster hereinkam, bewegte den Saum des Kleides, und für einen Moment schien es mir, als würde es eine Art Leben erfüllen, als sollte es vielleicht allein zum Vorspielabend gehen und Beethoven spielen. Aus einer Schublade zogst du einige große Kragen und fragtest mich, welchen ich möchte. Ich wollte keinen Kragen über dem Kleid tragen, aber ich wusste, dass du das mochtest, also wählte ich den einfachsten aus – den mit einem kleinen rosa Knopf hinter dem Hals. Ich wollte auch keinen französischen Zopf, davon tat mir immer der Kopf weh, aber es war schön, neben dir auf dem Sofa zu sitzen, während du mir die Haare flochtst. Du risst an meinen Haaren, während du die Strähnen trenntest und sie einmal zur einen, einmal zur anderen Seite legtest. Ich spürte ein Spannen am Scheitel, aber ich überließ mich ihm. Ich fragte dich, was für eine Frisur du dir machen würdest, hoffend dass du dich daran erinnertest, dass deine Haare schmutzig waren.

Weiß nicht, ich binde einen Pferdeschwanz, antwortetest du und flochtst weiter bis zur Mitte meines Rückens.

Ich hatte auch lange Haare, als ich jünger war,

sagtest du. Oft bis zu den Hüften. Dein Vater sagte immer, am meisten liebte er meine Haare. Habe ich dir das erzählt?

Mhm.

Als du fertig warst, stand ich auf und ging zum Kleid. Ich konnte den Kleiderbügel nicht erreichen. Mama?

Du standst auf und nahmst das Kleid von der Tür. Hieltst es an mich ran.

Blau steht dir gut. Es unterstreicht deine Augen. Vor allem, wenn du die Haare aus dem Gesicht streichst. Jetzt müssen wir nur noch eine Tasche finden.

Ich brauche keine Tasche.

Natürlich brauchst du eine Tasche, sagtest du und gingst ins Zimmer. Während ich das Kleid überzog, hörte ich, wie du die Schränke und Schubladen durchwühltest. Du kamst mit einer kleinen gelben Tasche zurück. Sie hatte eine blaue Schließe in Muschelform.

Die hier ist perfekt.

Und was soll ich in die Tasche reintun?

Nicht wichtig. Taschentücher, die Noten.

Die Noten passen hier nicht rein, sagte ich.

Dann trag die Noten in der Hand.

Ich nahm das Täschchen, während du mir den Kragen hinter dem Hals zuknöpftest.

Dieser rosa Knopf hier passt überhaupt nicht zur Tasche, aber unter dem Zopf sieht man es nicht, sagtest du.

Ja, macht nichts … Nimmst du den Fotoapparat mit?

Willst du, dass ich ein Foto von dir mache?

Ich glaube, dass die anderen auch Fotos machen. Die Eltern und Lehrer. Aber du kannst ihn auch mitnehmen.

Gut. Stell dich gerade hin. Ist alles umsonst, wenn deine Haltung schlecht ist.

Ich stellte mich gerade hin. Du gingst in die Küche. Ich hörte, wie du eine Dose Coca-Cola öffnetest. Vielleicht musst du die Haare nicht waschen. Vielleicht, wenn du sie sorgfältig kämmst und zusammenbindest … Aber du solltest dich duschen. Immer noch hatten wir Zeit. Die Musikschule war ungefähr zehn Minuten zu Fuß von unserem Haus entfernt. Draußen war es warm, selbst wenn du mit nassen Haaren rausgehen würdest, wäre es nicht schlimm.

Willst du die Sonate noch einmal durchspielen?, riefst du aus der Küche.

Die Lehrerin hat gesagt, es ist nicht gut, am Vorspieltag zu üben. Mit gerunzelter Stirn kamst du wieder und verdrehtest die Augen. Was für ein Quatsch, sagtest du. Ich spürte einen Pakt zwischen uns beiden, gegen die Klavierlehrerin, und das heiterte mich auf. Ja, stimmt, dachte ich. Was für ein Quatsch. Diese Frau steckt voller Unsinn.

Ich ging zum Klavier, im blauen Kleid mit dem Kragen, mit einem Zopf, die Tasche in der Hand, und setzte mich auf das Bänkchen. Es machte mich froh, die Regel der Klavierlehrerin zu brechen.

Nein, warte, sagtest du. Du hast die Schuhe vergessen. Du musst in den Schuhen proben.

Aus dem Vorzimmer brachtest du meine schwarzen Lackballerinas. Von denen tat mir immer der kleine Zeh weh, aber ich wusste, dass sie am besten zum Kleid passten. Ich zog sie an und ging zurück zum Instrument. Ich wusste nicht, was ich mit der Tasche tun sollte, also stellte ich sie auf den Boden.

Wie schön wäre es, wenn dich Papa jetzt sehen könnte, sagtest du und faltetest die Hände, als würdest du beten.

Ich atmete ein und begann zu spielen. Es war ein wenig schneller als das angegebene Tempo, aber ich war zufrieden – ich spürte, dass ich wusste, was ich tue, dass ich alle nötigen Informationen in den Händen hatte, und dass ich an diesem Abend großartig sein würde. Als ich zum schweren Schlussteil kam, atmete ich übertrieben ein und aus, wiegte die Arme über den Tasten, scheinbar als würde ich leiden, obwohl ich diese Takte längst beherrschte. Ich schauspielte für dich, es machte mir Spaß, die Lehrerin zu imitieren, und ich wusste, dass du das schätzen würdest. Am Ende schmetterte ich den Schlussakkord, einmal kräftig, dann leiser, und am Ende ganz leise. Ich stieß einen schweren Atemzug aus und öffnete die Augen.

Bravo!, riefst du und klatschtest in die Hände. Bravo, maestro! Ich lachte, obwohl mein Kopf bereits begonnen hatte, vom Zopf zu schmerzen.

Also, jetzt habe ich das Konzert auch gesehen, sagtest du und zeigtest auf mich und das Klavier. Die anderen Schüler interessieren mich ehrlich gesagt eh nicht.

Wir haben weniger als eine Stunde, sagte ich.

Ist gut, du bist ja fertig.

Willst du dich nicht fertig machen?

Du kamst von hinten auf mich zu, immer noch saß ich am Klavier. Du streicheltest mir über den Kopf und legtest die Hände auf meine Schultern. Du gabst mir einen Kuss auf den Scheitel. Ich spürte die Wärme deines Atems in meinem Haar.

Ist dir das sehr wichtig?, fragtest du flüsternd. Wenn dir das wirklich sehr wichtig ist, dass ich dorthin gehe, dann sag's, aber es wird noch Vorspielabende geben … Ich meine, ich mache mich fertig, wenn es dir etwas bedeutet, aber wenn es dir nicht wirklich viel bedeutet, würde Mama heute Abend lieber zu Hause bleiben. Ich bin nicht ganz in meinem Element. Und wenn Papa anruft, ist es besser, wenn ich da bin.

Ja, natürlich … Ich meine, es ist nur ein Vorspielabend, du verpasst nichts.

Und deins hab ich schon tausendmal gehört.

Tausendunddreimal, sagte ich, und wir lächelten beide.

Ich werde Papa sagen, wie wundervoll du gespielt hast. Warte, ich mach ein Foto von dir, hier am Klavier.

Du standst auf und liefst aufgeregt ins Zimmer zurück. Du kamst mit dem Fotoapparat wieder. Du spultest den Film weiter und sagtest, ich solle mich gerade hinsetzen.

Wie soll ich sitzen?

So, aber dreh dich leicht zu mir her. Nimm die Tasche vom Boden, stell eine Tasche nie auf den Boden. Stell sie neben dich. So. Hände aufs Klavier, als würdest du spielen. Und lächle, wir sind nicht bei einer Beerdigung. Drei, zwei, eins …

Ich ging zur Musikschule und spürte, wie die schwarzen Ballerinas in meine Zehen schnitten. In einer Hand hielt ich die kleine gelbe Tasche, in der anderen den zusammengerollten Beethoven. Es war mir immer ein besonderer Genuss, seine wütende Fratze zu einer Tüte zusammenzurollen. Vor der Schule waren einige Leute, alle waren hübsch angezogen, mit Fotoapparaten in der Hand. Ich ging hinein und zum kleinen Konzertsaal. Die Lehrerin hatte sich besonders hübsch gemacht, sie trug ein leuchtend rotes Kostüm und eine weiße Blüte im Haar.

Ihr seid dann alle im hinteren Klassenzimmer und kommt nach der Liste, die an der Tür hängt, heraus, sagte sie aufgeregt. Sie roch nach starkem blumigem Parfüm. Ein wenig Lippenstift klebte an ihren Zähnen.

Und wo sind deine Eltern?

Die können nicht kommen.

Auch das noch ... Na gut, komm, geh dorthin zu den anderen und sag ihnen, dass sie still sein sollen. Bald kommt das Publikum herein.

Ich ging los Richtung Tür, doch sie hielt mich mit ihren lackierten Fingern am Oberarm fest.

Und vergiss nicht, was wir gesagt haben – ein bisschen Leben. Okay? Heute Abend spielst du für Leute, wir klopfen keine Schnitzel heute Abend, okay?

Sie sagte das zärtlich, lächelnd, also lächelte ich auch und nickte.

Bald darauf begann das Konzert. Zuerst kamen der Reihe nach die quietschenden und kratzenden Erstklässler auf ihren Harmonikas, Violinen und Flöten. Ich hörte Applaus und Zurufe aus dem Publikum. Bald kamen wir zu meinem Jahrgang. Ein Junge spielte Violoncello. Hinter der angelehnten Tür sah ich Leute aufstehen und begeistert klatschen. Irgendein Mann überreichte ihm einen Blumenstrauß. Der Junge kehrte zurück ins Zimmer, rot im Gesicht, außer Atem, mit dem schweren Instrument in der einen und dem Strauß in der anderen Hand. Ich glaube, jetzt bist du dran, sagte er.

Ich zitterte vor Lampenfieber. Die Lehrerin deutete mir mit der Hand abzuwarten. Immer noch dauerte der Applaus für den Cellisten an. Er ging noch einmal mit leeren Händen hinaus und verbeugte sich bis zum Boden. Als er wieder zurückkam, sagte die Lehrerin, ich solle hinausgehen.

Gib mir die Tasche, eine Tasche hat beim Konzert nichts verloren.

Ich gab ihr die Tasche, und sie stellte sie neben das Violoncello auf den Boden.

Ich spürte, wie meine Hände schwitzten. Ich wischte sie an den Haaren ab und spürte den perfekten französischen Zopf unter meinen Fingern. Schade, dass man mit dem Profil zum Publikum spielt und nicht mit dem Rücken, dachte ich. Dann könnten sie wenigstens meine Frisur sehen.

Ich trat auf die Bühne hinaus. Jemand flüsterte: Ach, wie süß ist denn die …

Ich setzte mich auf das Bänkchen und sah die Tasten an. Meine Hände zitterten. Das hier ist nicht wichtig, dachte ich. Ich wartete, dass sich meine Hände beruhigten. Aus dem Augenwinkel sah ich unbekannte Gesichter im Publikum. Das hier ist nicht wichtig. Ich spürte, wie meine Finger langsam zur Ruhe kamen. Das hier ist nicht wichtig. Das hier ist überhaupt nicht wichtig.

Ich atmete ein.

Dann begann ich zu spielen.

BLUT

Sie müsste jeden Augenblick da sein. Sie ist in Pantoffeln und Morgenmantel hinausgegangen. Ich habe ihr gesagt, dass sie einen Lockenwickler in den Stirnfransen hat, und sie hat ihn wie eine Spinne aus dem Haar gerissen. Der Lockenwickler ist auf den Teppich gefallen und hat sich in dessen langen Fransen verheddert. Dabei ist der Teppich bei uns wie ein schwarzes Loch – was auch immer jemals daraufgefallen ist, ist auch dort geblieben. Asche und Zigarettenstummel, Kaffee, Krümel von billigem Teegebäck, das sie in rauen Mengen einkaufte und Frühstück nannte. Einmal versuchte sie, mit einem Stück Küchenpapier Erbrochenes wegzuputzen, aber es wurde ihr schwindlig dabei, also legte sie sich auf die Couch und vergaß den Teppich. Ich nahm das feuchte Stück Papier aus ihren Händen und warf es weg. Die Teile des Erbrochenen, in denen in Wodka getränktes Obst und dieses Teegebäck drin waren, kämmte ich mit einem Plastikkamm aus dem Teppich heraus. Der Fleck trocknete und blieb bei unserer Couch wie eine Art Haustier. Jeder Fleck hatte seine Geschichte, der Teppich war ein Katalog ruinierter Abende. Ich war nur für den Kakaofleck ganz in der Mitte verantwortlich. An dem Tag, an dem ich den Kakao verschüttete, fing ich zu weinen an. Es war meine Aufgabe, diesen Teppich zu schützen, ihn zu putzen und zu kämmen, und nun hatte ich ihn im Stich gelassen, weil ich tollpatschig war. Mama brüllte. Was für ein Saustall hier, du könntest auch mal irgendwann den Hintern bewegen, denkst du denn, ich hab es leicht so alleine? Und all das wegen dem Kakao. Danach trank sie eine Flasche Gin aus, und es tat ihr leid, dass sie mich angeschrien hatte. Sie saß auf der Couch und zog mich so fest an sich, dass meine Rippen schmerzten. Ihre Achseln rissen an meinen Haaren. Uns fehlt ja doch nichts, nicht wahr, mein Däumelinchen? Wir beide sind auf dem Gipfel der Welt, sagte sie, während sie mich umarmte, so dass mir schien, als wäre die Couch der Berg, und die Welt der kratzige Teppich mit Flecken wie ausgetrocknete Sümpfe. Ich dachte damals, dass es keinem normalen Menschen in den Sinn kommen würde, unseren Weltenteppich zu überqueren und auf den Berg zu steigen. Jetzt stehe ich barfuß auf seinen verkrusteten Fransen und warte darauf, dass sie zurückkommt. Gleich kommt sie zurück, jeden Augenblick. Wenn sie zum kleinen Laden an der Ecke gegangen ist, müsste sie schon alles eingekauft haben. Vielleicht ist viel los. Vielleicht wartet sie in der Schlange. Macht nichts, alle in diesem Laden kennen sie, sie sind daran gewöhnt, sie in Pantoffeln und Morgenmantel zu sehen. Es sei denn, ihr ist eingefallen, dass wir noch etwas brauchen, und sie ist in den großen Supermarkt zwei Blocks weiter gegangen. Draußen ist es nicht mehr kalt, aber es ist trotzdem merkwürdig, wenn jemand zwei Blocks in Pantoffeln zu Fuß läuft. Wobei, nichts ist unmöglich. Einmal hat sie die Tante im Pyjama vom anderen Ende der Stadt zurückgebracht. Aber was kümmert es die Leute überhaupt, wenn jemand draußen Pantoffeln trägt, man ist ja nicht barfuß. Pantoffeln sind nur weichere Sandalen. Es gibt auch Leute, die im Haus Straßenschuhe tragen, das finde ich viel schlimmer. Na ja, egal, selbst wenn sie in den großen Supermarkt gegangen ist und die Einkaufstasche vollgefüllt hat, hat sie bis jetzt sicherlich bezahlt und ist auf dem Weg nach Hause. Obwohl ich ja bezweifle, dass sie genug Geld hat, um die Tasche vollzufüllen. Sie wird kaufen, was wir brauchen, noch irgendeine

Flasche, und das war's. Wenn ich Glück habe, bringt sie auch Milch und eine Packung *Čokolino* mit. Es nervt sie, dass ich *Čokolino* esse, sie sagt, dass ich aus dem Brei-Alter raus sei, dass das Scheiße voll Zucker sei, gemacht, um Babys zu mästen, ob ich denn ein fettes Mädchen werden wolle? Trotzdem wäre es schön, heute eine Schale *Čokolino* zu essen oder zumindest eine kleine Tasse warmen Kakao zu trinken. Aber ich bin ja selber schuld, wenn ich es ihr nicht gesagt habe ... Sie hat sich über all das hier so aufgeregt, ich glaube, es nervte sie so, dass sie das Haus verlassen musste, dass ich nicht mehr dran gedacht habe, sie um noch etwas zu bitten. Es war wichtig, sich auf die Aufgabe zu fokussieren. Ich weiß, dass es ihr oft schwerfällt, sich auf etwas zu konzentrieren, und dann ist es das Beste für mich zu schweigen, denn wenn ich etwas sage, schrickt sie auf und vergisst, was sie tun wollte. Wie an dem einen Tag. Da hast du's, wegen deiner verdammten Hausaufgabe habe ich das Hühnchen vergessen! Mein Gott, wie schwarz dieses arme Hühnchen war, wie es qualmte und stank, und Mama schimpfte auf mich und die Hausaufgaben und die Schule durchs weit geöffnete Fenster hinaus. Nachdem sie das Hühnchen in den Müll geschmissen hatte, ging sie in ihr Zimmer und schlug die Tür zu. Zu Abend aß ich eine Banane, die schwarz war wie das Hühnchen, aber Mama hatte mir irgendwann vor langem einmal gesagt, dass Bananen so am gesündesten sind. Ich hasste mich selbst und meine Hausaufgabe den ganzen Abend, die ganze Nacht und den ganzen folgenden Morgen lang. Dieses Hühnchen war für Mama wichtig gewesen, sie hätte ein Hühnchen und Kartoffeln gebraten, etwas, was sie sonst nie macht. Sie hätte den Backofen verwendet. Wir hätten zusammen gegessen, am Tisch. Und dann hat meine dumme Hausaufgabe alles zerstört. Aber das hier jetzt ist anders, das ist nicht meine Schuld. Wahrscheinlich. Ich weiß nur, dass ich ihre Aufmerksamkeit nicht ablenken darf, ich darf sie nicht aus der Konzentration bringen, es ist wichtig, schnell zu agieren. Selbst hat sie ja auch gesagt, sie würde *zum Laden rübersausen*, mit diesen Worten, was bedeutet, dass sie nicht zum großen Supermarkt gegangen ist. Ihre Hände haben gezittert, hoffentlich hat sie genügend Geld mitgenommen. Vielleicht hat sie unterwegs jemanden getroffen, wobei sie hier eigentlich nicht viele Bekannte hat. Eine Zeitlang war öfter ein Buchhalter da, der ungebügelte Hemden und Krawatte trug. Immer wenn er kam, schloss mich Mama mit Teegebäck und einem Glas Wasser ins Zimmer ein und sagte, ich solle spielen. Der Onkel ist da. Ich mochte ihn nie, denn er stank und hatte einen dicken Hals, als hätte ihm jemand Würstchen zwischen Kopf und Rücken gelegt. Als er gegangen war, waren in der Küche immer neue Flaschen. Dann kam der Buchhalter eine Woche nicht. Auch nicht in der nächsten. Mama sagte, er sei ein verfickter Säufer und solle zur Hölle fahren, verdammte Scheiße. Weißt du, ich glaube er hat uns beklaut. Ich verstand nicht ganz, wie er mich beklauen konnte – ich hatte nichts außer ein paar Büchern aus der Bücherei und eine Barbie mit zerzaustem Haar. Vielleicht, wenn wir Omas Kettchen mit dem Medaillon nicht verkauft hätten, das, das ich zum siebten Geburtstag vor dem ersten Schultag bekommen hatte, vielleicht hätte ich dann etwas zum Beklautwerden. Ich weinte so sehr um dieses Medaillon, so lange, bis Mama die Nerven verlor und mich fragte, ob ich denn Luft essen möchte. Das Fräulein möchte gern Gold tragen, ach, bitte schön, und wir haben nicht mal eine Tüte Mehl im Haus. Ich begriff diese Aufteilung in *Fräulein* und *Wir* nicht, mir war nicht klar, was *Wir* bedeutete, wenn ich nicht dazugehörte, aber ich fühlte mich schuldig, weil unser Kühlschrank leer war. Dieses Halskettchen trägst du doch sowieso nie, sagte sie zu mir. Danach kaufte sie mir Schokolade und umarmte mich lange. Das Medaillon ist nicht weg, sagte sie, es ist immer noch irgendwo, wo du nicht bist, aber das heißt nicht, dass es verloren ist, Dinge sind nie verloren, sie sind nur an einem anderen Ort. Jedenfalls war ich froh, dass ich dieses Halskettchen nicht hatte, als uns der Buchhalter beklaute. Ich hätte es nicht ertragen, wenn er es genommen hätte. Aber nein, ihn konnte sie nicht zwischen Haus und Laden zufällig getroffen haben, er kam immer mit dem Auto, weil er am anderen Ende der Stadt wohnte. Wenn sie zufällig eine der Nachbarinnen getroffen hat, dann ist es vielleicht auch möglich, dass sie gerade jetzt auf der Straße steht, in Pantoffeln und Morgenmantel, und streitet. Die wissen alle am besten, wie und was sie an meiner Stelle tun würden, sagte Mama, alle sind sie verdammte Experten für mein Leben. Ich mochte die grauhaarige Dame, die allein im Erdgeschoss wohnte. Sie hatte zwei Katzen, und einmal erlaubte sie mir, sie zu füttern und zu streicheln. Kratzen die mich? Nein, die kratzen nicht, sagte die Nachbarin, die beiden haben so lange allein und gequält auf der Straße verbracht, dass sie sich über jede Zärtlichkeit freuen. Was sie sagte, machte mich traurig, also füllte ich ihren Napf bis obenhin voll und streichelte ihr seidiges graues Fell ganz, ganz lange, bis sie aufgefressen hatten. Aber Mama mochte die Nachbarin aus dem Erdgeschoss nicht, sie sagte, sie hätte einen Besen im Arsch, und es wäre ja leicht, eine Frisur und eine aufgeräumte Wohnung zu haben, wenn man keine Kinder habe, immer findet sich irgendein Weibsbild ohne Kinder, um alleinerziehenden Müttern Ratschläge zu geben. Ich verstand nicht, was Mamas Frisur mit mir zu tun hatte. Manchmal machte sie sich zurecht, manchmal nicht. Heute hat sie zum Beispiel einen Lockenwickler in ihre Stirnfransen getan. Vielleicht ist sie deshalb wütend geworden, vielleicht wollte sie sich heute schön machen, und ich habe ihren Plan durchkreuzt. Am schönsten machte sie sich für den Direktor, ihn nannte sie *mein Bärchen*. Wenn er zu uns kam, trug sie Kleider und große Holzperlen um den Hals. Lange schminkte sie sich die Lippen und Augen und machte dabei die merkwürdigsten Gesichtsausdrücke, als befände sie sich tief unter Wasser. Der Direktor kam immer spät und hatte oft schlechte Laune. Los, Kleine, ab ins Zimmer mit dir, Onkel muss mit Mama über ernste Dinge reden. Dann klatschte er ihr auf den Hintern, worauf sie wie verrückt lachte und mir mit der Hand deutete, ich solle verschwinden. Stimmt, zu dieser Zeit war sie hübsch zurechtgemacht, aber sie weinte oft und stritt übers Telefon, so dass ihre Schminke sich verflüssigte und vom Kinn auf unseren leidgeprüften

Teppich tropfte. Sie war auch an dem Tag hübsch zurechtgemacht, als er sie verprügelte, weil ihr der Nachbar geholfen hatte, die Waschmaschine in die Wohnung zu bringen. Ich schloss mich im Zimmer ein und hörte zu, wie sie der Direktor ohrfeigte, nur den Geräuschen nach konnte ich erraten, ob sie auf die Couch, den Tisch oder den Boden gefallen war. Er sagte zu ihr, sie sei eine schmutzige Schlampe und fragte sie, ob ihr der Nachbar denn die Waschmaschine gekauft hätte. Nein, du warst das, mein Bärchen, sagte Mama, und ich schaute mich im Zimmer bei meinen Sachen um und überlegte, womit ich ihn verhauen könnte. Ich hatte nur dünne Bücher für die Schullektüre, denn damals lasen wir immer noch keine Romane. Noch lange, nachdem er gegangen war, blieb ich mit meinen nutzlosen Büchlein auf dem Boden sitzen. Ich fürchtete mich davor, das Zimmer zu verlassen und Mama zu sehen, ich wusste, dass sie sich dann nur noch schlimmer fühlen würde. Es beruhigte mich zu hören, wie sie duschen und ins Bett ging. Am folgenden Morgen lächelte sie, machte mir ein Omelett für die Schule und sagte, dass sich manche Leute manchmal so sehr lieben, dass es zu viel Liebe gibt und es dann explodiert. Sie trug reichlich Schminke und hatte gelockte Haare, aber ihr linkes Auge war sichtbar dunkler, genau wie eine Ecke des Unterkiefers, und ich dachte, wenn das Liebe ist, dann gefällt mir das überhaupt nicht. Der Direktor kam noch ein paarmal, danach nicht mehr, und Mama weinte lange durch das Telefon, fluchte und hörte am Ende auf, sich zu schminken. Da begriff ich, dass Menschen doch verlorengehen können, im Unterschied zu meinem Medaillon, das nur irgendwo anders war. Irgendwo, wo ich nicht war. Dann, eines Tages, weinte sie nicht mehr, aber sie ging immer seltener aus dem Haus. Sie sagte zu mir, sie würde nicht zur Arbeit gehen, weil sie krank sei, aber ich solle mir keine Sorgen machen, es würde bald wieder gut sein. Auch dein Papa könnte vielleicht mal dran denken und uns was schicken, verdammter Mistkerl. Ich wusste, dass Papa manchmal ein bisschen Geld schickte, aber ich hatte auch gehört, dass er eine neue Tochter in einer anderen Stadt bekommen hatte, und nahm an, dass ich ihn nicht mehr interessierte. Deshalb wunderte es mich nicht, dass er uns nicht mehr wie früher Geld schickte. Es war, wie wenn man eine Arbeit hat – man ist das Kind von jemandem –, und dann wird man eines Tages gekündigt, weil jemand Besseres gefunden wurde, um einen zu ersetzen. Aber Mama sagte mir, ich solle mir keine Sorgen machen, der Lohn würde auch bezahlt, wenn man krankgeschrieben sei, und sie habe in diesem

Möbelhaus über zehn Jahre gearbeitet. Sie sind meine Familie, sagte sie. Das erschreckte mich, all diese Familien, Papa hatte eine Familie, Mama hatte eine Familie, und ich hatte von all diesen Leuten niemals jemanden gesehen. Das bedeutet, dass mein Job sicher ist, erklärte sie mir, dort lieben sie mich. Mir machte dieses Wort Angst, denn es erinnerte mich an den Direktor. Mama, fragte ich sie, aber was ist deine Krankheit, wenn du krankgeschrieben bist? Mama ist nur sehr, sehr müde, sagte sie. Immer sagte sie *Mama ist* statt *Ich bin*, wenn sie mir nicht die Wahrheit sagen wollte. Mama ist nur müde. Mama geht nur Kaffee trinken mit einem Freund. Mama ist nur ein wenig angeheitert. Mama macht nur fünf Minuten die Augen zu. Darum glaubte ich ihr nicht, dass sie nur müde war, sie schlief ganze Tage lang. Ich ging zur Schule, und sie war immer noch im Bett. Manchmal fand ich sie dort auch noch, wenn ich nach Hause kam. Los, mein Liebes, geh zum Laden, Mama ist sehr müde. Dann wurde sie wütend, weil mir die Verkäuferin die Flasche Wodka nicht verkaufen wollte. Sie fluchte und schlug die Türen zu. Alles gesetzestreue Bürger, rief sie, während sie sich den Morgenmantel über den Pyjama zog, Hauptsache, alles nach dem Gesetz, und dann zocken sie die Leute ab nach Strich und Faden. Ich verstand nicht, wie die

Verkäuferin die Leute abzocken sollte, aber ich schämte mich sehr, als ich im Laden die Flasche aus dem Einkaufskorb zog und ein Mann neben mir zu lachen anfing. Die Verkäuferin nahm den Wodka und stellte ihn unter die Kasse. Sie runzelte die Stirn und fragte mich, für wen ich die denn kaufen würde, aber ich begriff sofort, dass etwas nicht in Ordnung war, und antwortete: Für Papa. An diesem Tag kehrte Mama mit Lichtgeschwindigkeit aus dem Laden zurück, immer noch wütend, mit zwei Flaschen und einer Schachtel Zigaretten. Hauptsache, ich, krank wie ich bin, muss in den Laden, weil die Dame Prin-zi-pi-en und Vor-schrif-ten hat, ach, ich bitte dich, schrie sie in der Küche herum, während sie sich ein Getränk einschenkte. Seither ging sie sehr selten in den Laden, aber sie kam mit vielen Flaschen zurück, so dass sie nicht mehrmals gehen musste. Mich schickte sie wegen allem anderen hin, und manchmal ging ich auch von allein, wenn ich sah, dass wir etwas brauchten. Darum ging ihr das heute auf die Nerven. Es war kein Getränk, ich hätte allein gehen können.

Wie viel früher noch, verfluchte Scheiße, mit neun Jahren …, sagte sie und wühlte in den Badezimmerschränken. Ich wollte ihr nicht sagen, dass ich eigentlich zehn war, mein Geburtstag war vor zwei Monaten gewesen, vielleicht hatte sie sich noch immer nicht daran gewöhnt. Ich wusste, dass ich sie nicht vom Thema ablenken durfte. Danach durchwühlte sie ihre Tasche, daraus fielen Rechnungen, leere Zigarettenschachteln, Korken und zerknüllte Schokoriegelverpackungen. Ach, verdammt nochmal, ich hab nur einen Tampon … Sie zeigte ihn mir, er war riesig, und ich verstand überhaupt nicht, was ich damit machen sollte. In die Unterhose legen, oder wie? Außerdem machte ihn allein die Tatsache, dass er aus ihrer Tasche kam, abstoßend. Hier hast du Geld, sagte sie, geh dir im Laden Binden kaufen.

Ich kann nicht, das läuft mir alles da runter, ich habe zwei Unterhosen übereinander angezogen, aber umsonst.

Geh und stopf dir Klopapier rein.

Ich wollte nicht hysterisch sein, ich wusste ganz genau, was mit mir geschah. Die Lehrerin hatte uns schon davon erzählt, und es gab auch eine Zeitschrift für Mädchen, in der einem das alles schön erklärt wurde. Ich wollte, dass Mama sieht, dass alles in Ordnung ist, dass es keinen Grund zur Aufregung gab. Ich bin groß, und das hier würde uns kein neues Problem bereiten. Aber gleich, als ich ins Badezimmer kam, wurde mir klar, dass wir kein Klopapier mehr hatten.

Mama, es gibt kein Klopapier!

Ach, verdammte Scheiße nochmal, warum hast du denn keins gekauft, sollen wir uns vielleicht mit der Hand abwischen?

Ich ging ins Wohnzimmer zurück und spürte, wie noch mehr Blut durch mich durchrann und meine Unterhose tränkte. Mein Bauch tat fürchterlich weh.

Stopf irgendeine Socke rein und geh in den Laden, das hab ich schon hundertmal so gemacht, sagte sie und legte sich zurück auf die Couch.

Mama, es tut weh.

Sie verdrehte die Augen und stand wieder auf. Sie rieb sich die Augen so kräftig, dass ich dachte, sie würde sie sich unabsichtlich auskratzen. Ihre knochigen Finger zitterten pausenlos, als ob jemand Strom hindurchjagen würde. Sie nahm ein Glas vom Tisch, aber es war schon leer. Sie schimpfte lauthals und schnappte die Tasche von der Couch.

Dann sause ich rüber, brauchen wir noch was?

Klopapier, sagte ich. Und Zahnpasta.

Klopapier … und Zahnpasta …, wiederholte sie nachdenklich, als könnte sie sich nicht erinnern, was diese Wörter bedeuteten.

Bin in einer Sekunde wieder da. Na, siehst du, was für eine Mama du hast, ha? Mich hat meine verprügelt, als ich die erste Regel bekommen habe. Siehst du, was für ein Glück du hast? Welche Binden soll ich dir kaufen?

Ich sah sie beschämt an. Ich wusste nicht, was ich auf diese Frage antworten sollte.

Ich weiß nicht … Welche für Mädchen?

Na ja, hast du's stark?

Wieder wusste ich nicht, was ich sagen sollte, wie viel *stark* war und wie viel nicht.

Ich weiß nicht, es rinnt ständig.

Sie zog den Schlüssel aus dem Schloss.

Du brauchst keinen Schlüssel, sagte ich zu ihr. Sie versuchte, ihn zurück hineinzustecken, aber ihre Hände zitterten so sehr, dass sie das Schlüsselloch nicht traf. Am Ende legte sie ihn einfach auf die Kommode neben der Tür. Bin in einer Sekunde wieder da, sagte sie. Und ging.

Draußen wird es schon dunkel. Sie müsste längst wieder da sein. Ich habe Angst, mich wegzubewegen, beide Unterhosen sind schon völlig von Blut durchtränkt. Ich spüre, wie es mir am Bein hinunterläuft. Einen Tropfen sammle ich mit dem Rock auf, aber schon kommt ein zweiter. Und ein dritter. Vielleicht sollte ich schnell ins Bad laufen, ein Handtuch nehmen … Haben wir überhaupt saubere Handtücher? Ich spüre, dass mein Körper eine neue Ladung ausgepumpt hat, dieses Mal eine noch größere, und dass das alles aus mir auf den Teppich ausbrechen würde, wenn ich mich bewege. Ich weiß nicht, was ich tun soll, wo bleibt sie nur? Sie wird kommen, sie müsste kommen. Auf dem Tisch steht ein leeres Glas. Ich nehme es und stecke es zwischen meine Beine. Ich sehe mein Blut, wie es fällt und sich mit ein paar Tropfen Wodka vermischt. Der Geruch meines Bluts übertüncht den Gestank des Alkohols. Mir ist übel. Wenn ich nur irgendwie ins Badezimmer käme. Der Schmerz wird unerträglich, mit einer Hand halte ich mich am Couchtisch fest, mit der anderen halte ich immer noch das Glas. Wo bleibt sie? Ist das normal, dass es so weh tut? Zwischen meinen Beinen ist ein großer Kreis aus Kakao. Darauf ein Tropfen von meinem Blut. Mama wird den Fleck sehen. Sie wird auch das Blut in ihrem Glas sehen. Sie wird ausflippen. Aber das macht nichts, Hauptsache, sie kommt. Gleich kommt sie. Sie müsste jeden Augenblick da sein.

PAPA KOMMT HEIM

Manchmal denke ich darüber nach, aber nicht oft. Es ist besser, manche Türen geschlossen zu halten. Doch heute habe ich Zitronen gekauft. Ich dachte daran, wie perfekt sie in der Handfläche liegen, feinnarbig. Dann rief mich meine Schwägerin an, um mir zu erzählen, dass mein Bruder sie geschlagen hat. Eine der Zitronen fiel auf den Gehsteig und platzte auf. Sie sind nicht so stark, wie es aussieht. Und so kehrte es zurück. Dieses schwache Prickeln, das sich über meiner linken Wange ausbreitet wie ein zerbrechlicher Fächer, nur die Idee einer Hand, die Handfläche eines Kindes. Die Finger meines Bruders. Momente sind trügerisch, wenn sie sich in Erinnerungen kleiden.

Mein Bruder hat mich einmal geschlagen. Einmal und nie wieder. Nur war es ein Kind, das mich geschlagen hat, und kein erwachsener Mann. Im Lauf der Jahre hat sich die Erinnerung an diese Ohrfeige verändert. Als ich heute Morgen daran dachte, konnte ich nicht umhin, mein jetziges Ich zu sehen, das vor einem achtjährigen Jungen steht. Jedes Mal, wenn ich an die Ohrfeige denke, wächst das Mädchen aus der Erinnerung und dehnt sich aus, die zehnjährigen Glieder reichen an die heutigen heran. Doch ihr Bruder bleibt da unten, der Achtjährige, der sich auf die Zehenspitzen stellt, um seine riesenhafte Schwester zu erreichen und ihr diese wohlverdiente Ohrfeige zu geben, seine kleine Hand auf grausame Weise der Aufgabe nicht gewachsen. Mancher Schmerz ist gut. Er ist da, um einen zu erinnern, dass Schmerz existiert. Ich war zehn Jahre alt und hatte den Schmerz noch nicht kennengelernt. Der Bruder hat ihn mir beigebracht.

Und so beginnt es: seine Hand und meine Wange. Hunde, die mir nachlaufen. Zehen. Danach kommt immer das geblümte Kleid meiner Mutter, eine verformte Dahlie auf ihrer Brust bewegt sich auf und ab, ihre Augen sind voll Wasser. Oder stand ihr vielleicht Schweiß auf der Stirn? Ihr ganzes Wesen in diesen großen, schnellen Händen, immer auf der Jagd nach etwas Handfestem. Und dann ist da auch kein Kleid, nein – an dem Tag trug sie eine Jogginghose – eine schmutzige Schürze, unter der Brust straff gebunden. Mutter, die schreit: Fass das Messer nicht an! Mutter, die schreit: Guter Gott, alles vermassle ich! Mutter, die schreit: Seid ihr denn nicht glücklich, dass euer Papa kommt? Mutter, die zittert. Das zitternde Messer in der Hand, schneidet sie das Hühnerfleisch. Du kannst das nicht vermasseln. Wer weiß, wann wir wieder die Gelegenheit haben … Ranka, die Nachbarin *von oben*, hat mit Mutter eine Abmachung. Einige Zeitlang legten sie Geld zur Seite, um von Frau Popović ein lebendes Huhn kaufen zu können. Der Frau, die am Hügel wohnte. Eine blassviolette Villa mit glänzend grünen Balkongittern guckte durch die immergrünen Bäume durch, die unsere hühnerlose Nachbarschaft von jener der Popović trennten. Und dieser Garten und die Tiere und der unendliche Vorrat an Kinderüberraschungseiern. Sogar ein Zitronenbaum, gleich hinter dem großen Haus, den aber niemand jemals mit eigenen Augen gesehen hatte.

Mutter sagte über Frau Popović, sie sei eine alte Fotze, die in einer Beleidigung von einem Haus wohne, das mit blutigem Geld gekauft worden sei. Mutter sagte auch, dass Zitronen keine verdammten Äpfel seien. Was würden wir verdammt nochmal mit Zitronen anfangen? Glaubten wir denn, unsere Männer würden da draußen umkommen, damit wir hier Zitronen auspressen? Der erste Gedanke an einen toten Papa. Sein kräftiger Körper verwickelt in lange, feuchte Grashalme; ein lächelnder Papa, ein guter Papa, der aus irgendeinem Grund nach Zitrone riecht. Noch nie hatte ich einen Toten gesehen noch dieses Obst probiert. Als dann beides geschehen war, war ich vom Resultat enttäuscht. Die Zitrone war sauer, es war Tee nötig, um sie hinunterzuschlucken. Die Leiche war einfach nur ein regungsloser Mensch.

Als die Zeit für Mutter und Ranka kam, loszugehen und das Huhn zu holen, hatte sich Frau Popović plötzlich verändert. Eine hart arbeitende, fleißige Frau. All diese Schweine und Hühner und zwei Kühe, die mussten alle ernährt werden, und nicht jeder war für so eine Arbeit geeignet. Ranka war nicht einmal halb so groß wie meine Mutter, aber sie besaß einen fein klingenden Belgrader Akzent, während man bei meiner Mutter den für das Bosnische typischen Mangel an Selbstlauten hörte, was für die violette Villa jedenfalls unangemessen war. Deshalb war es nur plausibel, dass unsere Nachbarin das Huhn holen sollte.

Wir mussten es den ganzen Tag in unserer Wohnung halten, weil es keinen Strom gab, um es in der Kühltruhe zu lagern, nachdem wir es erwürgt hatten. Frau Popović hatte sich angeboten, das Huhn selbst zu erwürgen, aber meine Mutter hatte zu Ranka gesagt, dass sie der Hexe nicht eine verdammte Mark mehr bezahlen würde. Mein Bruder wollte, dass wir ihm einen Namen gaben, aber ich war klüger. Wir werden es morgen essen, sagte ich. Es wird dir leidtun, wenn du ihm einen Namen gibst.

Also nannten wir es Brathuhn, zum Spaß, und schluckten unsere Tränen hinunter, als Ranka mit einer schnellen Bewegung des Handgelenks seinen Hals knacken ließ. Die rostroten Federn drangen zwischen ihren manikürten Fingern hindurch, der kaum sichtbare Ehering glänzte im Schweiß. Wir wussten, dass dieses Opfer gebracht werden musste, deshalb wurde die Angst von Stolz abgelöst, schneller, als man *Hühnchen* sagen konnte. In diesen Tagen bestand unser Essen nur aus dem, was nicht in den Kühlschrank musste, und was sich in den halbleeren Regalen des kalten Supermarkts finden ließ. Aber es gab auch gute Tage, Tage mit Spinatstrudel und Rankas entsprechendem Klopfen an der Tür, jedes Mal, wenn wir die Ofentür aufmachten. Ihr orangefarbener Lippenstift machte Flecken auf unsere besten Gläser. Weit ausschweifend sprach sie über Andrić oder Crnjanski, so dass Mutter nichts anderes übrigblieb, als ihr ein unverhältnismäßig großes

Stück Strudel abzugeben, um sich freizukaufen, weil sie diese großen Serben nicht gelesen hatte.

Außer dem Spinatstrudel war das einzige verbindende Element dieser sporadischen Zusammenkünfte das Geschichtenerzählen über *ihre Männer.* Diese Helden waren uns so fern, dass uns nur die von Mutter ab und zu ausgesprochenen Worte *ihr Vater,* um Ranka deutlich zu machen, dass wir tatsächlich mit diesem Menschen verwandt waren, daran erinnerten, von wem die Rede war.

Du hast schiefe Zehen, wie dein Vater, wiederholte Mutter jeden Samstag, während sie uns die Nägel schnitt und Salbe auf die glühenden Mückenstiche schmierte.

Die Füße sind ganz die seinen, schau mal, das ist Vaters großer Zeh hier, sagte sie zu mir, und ich ging stolz ins Bett und tastete unter dem Laken meine Zehen ab, noch lange, nachdem mein Bruder eingeschlafen war. Ich drückte die große Zehe nieder und sah zu, wie sie blass wurde, so lange, bis mir schien, sie würde absterben und abfallen, dann ließ ich sie wieder los und erlaubte dem Blut, erneut in sie zu fließen. Genau wie bei Papa.

Papa haben wir durch seine Abwesenheit kennengelernt, wir formten seine Hände nach den Lederhandschuhen, die er hinterlassen hat, seine Zähne nach der abgenutzten Bürste, die sich niemand aus dem Glas im Badezimmer zu entfernen traute, seine Kraft nach den Möbeln um uns herum: dem Tisch und den Sesseln, die er selbst gezimmert hatte. Es gab einen leeren Raum, den unsere Mutter hingebungsvoll verehrte, einen Raum, den nur Papas Hände und Worte richtig ausfüllen konnten. Unsere kleinen Füße und dummen Witze passten nicht in die feinen Zwischenräume und Ecken seiner Leere.

Die Abende vergingen in alles verschlingender Dunkelheit. Wir schauten durch das Küchenfenster und versuchten zu erraten, welches wessen Haus war. Ein muslimisches. Unseres. Ein muslimisches. Unseres. Selbst in dieser Zeit der tiefen, uniformen Dunkelheit wussten wir, sie zu unterscheiden, was uns ein Gefühl von Macht gab. Zuerst schienen alle Häuser gleich zu sein, doch wenn sich die Augen einmal an die Finsternis gewöhnt hatten, kroch die Sprache unter die Dächer, fielen Nachnamen von unseren Lippen, ein Haufen Buchstaben reckte sich durch die Nacht, bis wir jeden Haushalt identifizieren konnten.

Während der wenigen Stunden pro Woche, in denen es Strom gab, sprangen die Frauen auf, steckten Kabel in jede freie Steckdose und rannten wie kopflose Hühner zum Geräusch von Waschmaschinen und über das Parkett der Nachbarn tobenden Staubsaugern herum. Wir schauten fern. Unsere Liebe zum Fernseher wurde nur traurig erwidert – wir saßen stumm vor den ewigen Wiederholungen der Zeichentrickfilme über Bruder und Schwester, die sich hungrig und arm im Traumland voller Eiscreme und Kuchen wiederfanden. Dieser hier war unser Lieblingsfilm, einfach weil uns die serbische Synchronisation zum Lachen brachte. Die animierte Mutter zeterte, sie hatte nichts, was sie als Mittagessen servieren konnte, und die beiden Kinder machten den Mund auf und quiekten, völlig misstönend: Mama, Mama, wir machen nur Spaß, wir sind nicht hungrig! Die Stimmen Erwachsener, die so tun, als wären sie Kinder. Das liebten wir.

Diesen Zeichentrickfilm schauten wir auch eines Nachmittags im Dezember, als uns gesagt wurde, dass der Krieg zu Ende ist. Einfach so. Wir glaubten das nicht, denn im Fernsehen liefen immer noch die Abendnachrichten. Die Ankündigung von Papas Ankunft erreichte meinen Bruder und mich als Liste von Dingen, die wir um keinen Preis kaputt machen durften. Mutter drohte uns von dem Moment an, in dem sie das Haus betrat und vom Zeichentrickfilm auf den Nachrichtenkanal wechselte: Wehe, wenn wir auf die Idee kämen, sagte sie zum Nachrichtensprecher, uns eine Hand zu verrenken, einen Zahn auszuschlagen, einen blauen Fleck zuzuziehen oder uns auf irgendeine Art und Weise zuzurichten, bevor Papa ankommt. Wir würden Neujahr zusammen feiern, sagte sie, und danach auch Weihnachten. Vielleicht könnte sie etwas Fleisch im Voraus bestellen, wir würden wie eine richtige Familie das Brot brechen, wie es zu Weihnachten Tradition ist. So sagte sie das – *eine richtige Familie* –, als ob wir drei bis jetzt keine richtigen Menschen gewesen wären. Als ob wir die ganze Zeit über gewartet hätten, dass er, der Vierte, der Richtige, erscheinen und uns Leben einhauchen würde.

Unsere Knie müssen perfekt sein, drohte sie uns, die Haare gekämmt, die Haut rein und ebenmäßig, wie Glasur auf der Torte. Ohne auf unsere unausgesprochenen Fragen zu achten, sagte sie ihre Liste auf und fuhr mit ihrem gekrümmten Finger über jedes Regal, jeden Schrank und jeden Tisch, um zu prüfen, ob darauf Staub war. Sie tastete alle Oberflächen ab, um nicht irgendeine Ritze, einen Spalt, eine Unebenheit zu entdecken. Es war, als ob ihre Finger endlich ihren eigentlichen Sinn und Zweck gefunden hätten – die Wohnung für Papas Ankunft vorzubereiten. Die staubige Spitze ihres erhobenen Zeigefingers tanzte um uns herum wie ein Ausrufezeichen. Am

Ende hielten wir es nicht mehr aus, mein Bruder oder ich, ich weiß es nicht mehr genau. Die Frage purzelte uns aus dem Mund: Papa kommt heim?

Etwas muss sie abgelenkt haben, Rankas Klopfen oder der Nachrichtensprecher. Die Antwort haben wir nie gehört.

Papa kommt, flüsterte mein Bruder, oder ich, wir warteten nicht mehr auf Mutter, um uns zu bestätigen, was offensichtlich war. Wir schauten einander an und lächelten uns verängstigt zu. Mutter war schon mit Ranka in die Küche gegangen, um alles rund um das Hühnchen zu planen, während mein Bruder und ich mit nackten, am Parkett klebenden Füßen immer noch dastanden, wie zwei nackte Pflanzen, voller Angst, dass uns irgendeine Bewegung aus dem wundervollen Wissen um Papas Ankunft herausreißen würde.

Ich hatte Angst hinzufallen. Ich hatte Angst, über etwas zu stolpern und mir den Knöchel zu verdrehen, mein Knie anzustoßen, mir den Arm zu brechen, bevor Papa zurückkam. Ich hatte Angst vor den Autos, die auf dem Weg zum Laden knapp an mir vorbeirasten. Ich hatte Angst, dass mir ein verirrter Fußball die Nase brechen würde. Ich hatte Angst vor losen Ziegeln, unvorsichtigen Kindern, giftigen Mücken, steilen Treppenstufen und den bösartigen Dobermännern aus Frau Popovićs Garten, die mich fassen und mein Gesicht zerfleischen könnten. Wie würde mich Papa ohne mein Gesicht wiedererkennen?

Wohin auch immer ich ging, der Tod lauerte hinter jeder Ecke und rechnete mit meiner Unbeholfenheit. Wir mussten brav, ordentlich, unverändert sein. Wir fingen an, vor dem Schlafengehen mit geschlossenen Augen Gebete aufzusagen. Wenn wir sie auswendig lernten, würde Papa sehen, dass wir trotz aller Gegenbeweise im Grunde brave Kinder waren. Und doch hatte sich alles um uns herum verschworen, ihn in Schrecken zu versetzen, jede kleine Unvollkommenheit, Dinge, die uns sonst gar nicht auffallen würden, waren jetzt vergrößert durch unsere Angst, ihn zu enttäuschen. Unser Stockbett quietschte irgendwie mehr als sonst, also holten wir etwas Öl aus der Küche und schmierten die vielen Verbindungsstellen so lange ein, bis das Quietschen aufhörte. Für unseren wackeligen Tisch machten wir einen Haufen kleiner Papierkügelchen, so lange, bis wir die eine perfekte fanden, die unter das kürzere Bein passte und das Schaukeln behob. In die Schuhe streuten wir Backnatron, damit sie nicht nach Füßen rochen. Ich sammelte meine geköpften Puppen ein und stellte das Zimmer auf den Kopf, bis ich alle zerstreuten Gliedmaßen und Köpfe wiedergefunden hatte. Meine zerlumpten Prinzessinnen waren wieder ganz; ich war erleichtert, dass es nur Puppen waren und keine richtigen Kinder, denen man den Kopf nicht wieder auf die Schultern zurückstecken konnte, wenn man ihn einmal abgetrennt hatte. Mein ungeschickter Bruder schaffte es, sich in den Finger zu schneiden, also musste ich ihn verarzten, nachdem ich ihn ordentlich angebrüllt hatte. Ich fand Alkohol und ein Pflaster und kontrollierte jeden Abend seine Wunde, bis sie zu einer kaum sichtbaren bleichen Linie zusammengeschrumpft war. Wir beschlossen, dass er die andere Hand benutzen sollte, wenn er Papa sein Schulzeugnis zeigen würde.

In dieser Woche trugen wir unsere schlechteste Kleidung, so dass die bessere für Papas Ankunft sauber und faltenfrei blieb. Wir übten, mit geschlossenem Mund zu kauen. Wir waren sauber und gekämmt. Wir benutzten Zahnseide, aßen Erbsen und sprachen ein *Gegrüßet seist du Maria* vor dem Schlafengehen. Manchmal fanden wir neue Gebete in der Tageszeitung. Dann setzten wir uns mit der *Glas* über den Schoß gebreitet aufs Sofa. Ich las das Gebet Zeile für Zeile vor, und mein Bruder wiederholte jedes Wort mit feierlicher Stimme. Wenn wir es geschafft hatten, das ganze Gebet ohne nachzuschauen aufzusagen, las ich ihm auch den Teil über die blutrünstigen Mudschahedin vor.

Bevor Papa kam, hatte Mutter zehn Deutsche Mark in einer Metalldose auf dem Nachttisch gespart und uns versprochen, mit uns zu *Dijana* zu gehen, einem Laden im Zentrum, dessen Inhaber jeden Monat nach Österreich fuhr und unter anderem Kinderüberraschungseier, Weichspüler und Seife in der Dose importierte. Zwei Wochen zuvor hatte Mutter eine Schachtel Raffaello und Filterzigaretten bestellt. Als wir hinkamen, um die Bestellung abzuholen, glänzten die Überraschungseier in einer überwältigenden, auf dem Ladentisch aufgebauten Pyramide, ihre Aluminiumoberfläche war perfekt glatt unter den Fingern. Allerdings mochte Papa lieber Raffaello, und die meisten dieser Eier waren sowieso verbeult und wahrscheinlich auch schon abgelaufen.

Auf dem Nachhauseweg blieben wir auch bei einem Kleidergeschäft stehen, aber Mutter warf nur einen Blick in die Geldbörse und sagte, dass die Chinesen keine Ahnung hätten, wie man Röcke umsäumt. Deshalb zog sie am Tag seiner Ankunft ihr altes geblümtes Kleid an, und von ihrem stark geschminkten Gesicht stieg parfümierter Staub auf. Sie roch nach Ranka. Sie hatte einen kleinen Ölfleck an der Brust, aber wir trauten uns nicht, irgendetwas zu ihr zu sagen. Mein Bruder entschied, seine Baseballjacke anzuziehen, die, die in einem holländischen Hilfspaket angekommen war. Ich zog meinen marineblauen Rock und die gestärkte weiße Bluse mit dem weiten Spitzenkragen an, der von einer Schulter zur anderen reichte. Ich war bereit und ein wenig nervös, ich versuchte, meine Haare glatt hinters Ohr zu streichen, als es endlich an der Tür klopfte.

Als Erstes kam der vermischte Geruch von Schweiß und Erde herein. Der Gestank stürzte vor Papa ins Haus. Er brach auseinander und verstreute sich über unsere geschrubbte, saubere Haut und die gebügelten, nach österreichischem Weichspüler duftenden Kleider. Mein Bruder zog eine Grimasse und hielt sich die Nase zu, aber ich schaffte es, ihm die Hand vom Gesicht wegzuziehen, bevor es jemand sehen konnte.

Der Vater war dünn, zierlicher als Mutter, und als er die Armeetasche auf den Boden stellte, waren die Venen an seinen Armen violett und angeschwollen, als wollte das Blut sie verlassen. Seine ganze Gestalt verschwand in Mutters fülliger Umarmung, als würde sie nach einem langen Tag am Strand die Luft aus der Matratze drücken. Er hatte einen kurzen Bart und Augen wie zwei verängstigte Tiere, die aus dunklen Höhlen starrten. Seine Hose flatterte wild in der Zugluft, die seine Ankunft verursacht hatte, als wäre gar nichts darin.

Wie groß du bist, sagte er, als er mich sah. Ich erblickte gelbliche Flecken an seinen schiefen Zähnen.

Wie groß du nur bist, wiederholte er dasselbe auch an meinen Bruder gerichtet. Er musste sich daran erinnert haben, dass es etwas Gutes war, das über Kinder zu sagen. Dass sie groß sind. Sie sollten nicht für immer gleich groß sein.

Gib mir das, setz dich hin, ruh dich aus, sagte die Mutter mit flötender Stimme und brachte seine Tasche in die Waschküche.

Auf dem Bett liegt saubere Kleidung, wenn du dich duschen willst!, rief sie ihm zu. Unser Vater stand für eine ganze unerträglich langgezogene Minute an der Eingangstür, nahm den Raum in sich auf, als brauchte er Zeit, um sich zu erinnern, was für ein Verhalten an solchen Orten angemessen war.

Das Bad ist dort, sagte mein dummer Bruder und zeigte zur weißen Tür. Vater sagte, dass er noch wisse, wo das Bad ist, und obwohl er dabei lächelte, fehlte es ihm offensichtlich an Erfahrung in der Art, wie er mit uns sprach. Es hätte uns nicht überrascht, wenn er in diesem Moment nachgefragt hätte, wie wir heißen.

Wie kannst du nur so was Dummes sagen?, sagte

ich zu meinem Bruder, als wir uns in unser Zimmer zurückgezogen hatten. Natürlich weiß er, wo das Bad ist! Das hier ist seine Wohnung!

Er stinkt wirklich sehr, flüsterte mein Bruder.

Er war im Krieg, sagte ich zu ihm, und fügte dann leiser hinzu: Mit den Muslimen!

Während der Vater duschte, hörten wir unsere Mutter, wie sie aus der Waschküche rannte und die Tür hinter sich zuschlug. Wir eilten aus dem Zimmer und fanden sie dort mit dem Rücken an die Wand geheftet, die auseinandergezogene Dahlie auf ihrem Busen sprang auf und ab, gemeinsam mit dem Ölfleck.

Etwas war dort, hinter ihr, in diesem geschlossenen Raum, etwas, wovor sie geflohen ist. Unsere Mutter, die *Arsch* sagte, und *scheiße,* und *Fotze*, und nicht einmal mit der Wimper zuckte, als Ranka das Huhn tötete. Sie wandte sich zu meinem Bruder und flüsterte: Eine riesengroße Kakerlake, riesengroß.

In der Waschküche?, fragte ich.

Sie nickte.

Ist sie von Papa?, fragte mein blöder Bruder.

Natürlich ist sie nicht *von Papa,* sagte ich, obwohl die Kakerlake aus Vaters Armeetasche herausgekrochen sein musste, als Mutter sie geöffnet hatte, um die Wäsche einzusammeln. In unserem Haus gab es nie irgendwelche Insekten, weil Mutter es blitzblank putzte. Das letzte Mal hatte ich eine Kakerlake im Krankenhaus gesehen, als Opa *am Zucker* starb.

Pssst! Nicht dass er dich hört!, sagte Mutter. Geh rein und zertritt sie! Schnell!

Immer noch standen wir dort, unsicher, was wir tun sollten.

Was, wenn sie an meinem Bein hochklettert?, fragte ich.

Nicht du, Dummchen. Dein Bruder.

Aus irgendeinem Grund fand er das kein bisschen seltsam. Er – in seiner kleinen Baseballjacke und den Superman-Pantoffeln, er, der immer noch in der Nase bohrte und seinen Rotz inspizierte, wenn er dachte, dass ich nicht hinschaute, er, der das *Gegrüßet seist du Maria* immer noch nicht auswendig konnte, das leichteste Gebet im Schulbuch. Er fand es ganz normal, dass sie *ihn* ausgewählt hatte. Einen Kopf kleiner als ich.

Die Tür verschluckte ihn, noch bevor ich meine Empörung ausdrücken konnte. Ein Schrei war zu hören und, wie ich es erwartet hatte, war er nach zwei Sekunden wieder draußen.

Was ist passiert?, fragte Mutter.

Sie ist riesengroß, sagte mein Bruder leise und

zeigte uns das unsichtbare Insekt zwischen Daumen und Zeigefinger. Wieso bringt *er* sie nicht um?, fragte er und zeigte zur Badezimmertür.

Ich lachte und hänselte ihn: Ach, hast du dich vielleicht erschrocken? Frisst dir der kleine Käfer die Finger weg?

Und bevor ich begreifen konnte, was geschah, gab er mir mit aller Kraft eine Ohrfeige, so, dass meine Wange brannte. Der Schlag war so unglaublich, dass ich zuerst dachte, die Mutter hätte mich geohrfeigt, und nicht er. Die Augen meines Bruders eilten zwischen mir und Mutter hin und her; die Angst vor der Kakerlake vermischte sich jetzt mit der Erwartung einer Strafe. Und obwohl mir durch den Kopf ging, ihn noch einmal doppelt so fest zu schlagen wie er mich, konnte ich es nicht. Ich hatte ihn im Stich gelassen. Ich hatte ihn vorbereitet, seine Schnittwunde verarztet, ihm Gebete beigebracht und aus ihm einen überaus beispielhaften Sohn gemacht, und doch hatte ich es nicht geschafft, ihn auf das vorzubereiten, was er in der Waschküche vorgefunden hatte. Er besaß ein neues Wissen, eine für mich unerreichbare Wahrheit. Für unsere Mutter war diese Ohrfeige offensichtlich nicht weiter der Rede wert. Stattdessen hockte sie sich hin, um ihrem Sohn in die Augen zu schauen, und sagte: Papa war an einem fürchterlichen Ort. Er ist todmüde. Und hungrig. Und so glücklich ist er, wieder hier bei uns zu sein. Wir lassen uns das von niemandem kaputt machen, nicht wahr?

Mein Bruder sah mich zum letzten Mal an, entsetzt oder wütend, ich wusste es nicht, und schlüpfte dann zurück in die Finsternis, weit weg von meinen nutzlosen Worten und großen Händen.

Er war lange dadrin. Ich schätze, er tat mir leid, und gleichzeitig hoffte ich, dass er erneut herauslaufen würde, klein und erschrocken. Stattdessen kam nach schmerzhaft langer Zeit eine Autorität aus der Waschküche und befahl Mutter, etwas Küchenpapier zu bringen. Immer noch hatte er Superman-Pantoffeln an den Füßen. Die zertretene Kakerlake musste an seiner Sohle kleben. Der Vater würde weder jemals diesen Käfer sehen noch erfahren, wie Ranka einem armen Huhn den Hals gebrochen hat, oder wie mir mein Bruder eine Ohrfeige gegeben und danach eine große Kakerlake zerquetscht hat. Er musste über eine Stunde lang im Badezimmer verbracht haben, nichts ahnend von der Gewalt, die seine Ankunft umgab.

Er aß nicht viel von dem Hühnchen. Wir warteten darauf, dass er eine zweite Portion ablehnte, damit uns Mutter erlaubte, den Rest aufzuessen. Später gab es Brot und Marmelade, aber er fingerte nur ein wenig daran herum und hinterließ eine unübersehbare Schicht Krümel rund um seinen Teller. Er wirkte ausgehungert und starrte den bescheidenen Gabentisch vor sich an, aber er wollte sich nicht dem Appetit überlassen. Das Essen war wie eine Sprache, die er nicht verstand. Die alten Kleider hingen ihm in großen, unpassenden Schichten von den Armen.

Wir redeten nicht viel. Mutter stellte uns hartnäckig Fragen, auf die sie die Antworten bereits kannte. Wie es in der Schule war. Wer unsere Freunde waren. Solche Dinge. Mein Bruder stellte sich am Tisch nicht blöd an und zappelte nicht auf dem Stuhl herum. Er hielt die Ellbogen, wie es sich gehörte, und gab präzise, erwachsene Antworten auf die dummen Fragen. Er war derjenige, der die Kakerlake erledigt hatte, bevor sie der Vater zu Gesicht bekommen konnte. Er hatte etwas Gutes getan und ich nichts. Ich kaute laut. Mein Kragen war verrutscht. Ich ließ meine Gabel hinunterfallen, und während ich mich unter den Tisch beugte, um sie wieder aufzuheben, erblickte ich die kleinen Füße meines Bruders, wie sie in anderen Pantoffeln über dem Boden schwebten. Diese Pantoffeln kannte ich nicht.

Nachdem die Mutter beschämend schnell den Tisch abgeräumt hatte, schickte sie uns ins Bett und bestimmte: Papa wird euch gute Nacht sagen. Alle drei fügten wir uns wortlos. Der stille Mann warf einen enttäuschend kurzen Blick auf unser Zimmer und stand dann einfach da, groß und unbeholfen, und wartete, dass wir in unsere Pyjamas schlüpften. Obwohl er sauber war, konnte ich nicht aufhören mir vorzustellen, wie die Insekten aus seinen übergroßen Ärmeln in mein Bett und unter meine Decke, bis hin zu meinen Füßen krochen. Zum Glück gab er mir keinen Kuss. Stattdessen tätschelte er nur meinen Kopf und sagte: Dein Papa ist kein schlechter Mensch. Vielleicht sagte er *Vater* statt *Papa* oder *Person* statt *Mensch*, so in der Art. Ich weiß es nicht mehr genau. Es klang für mich, als hätte er meinen richtigen Papa dort bei der Armee kennengelernt. Als wollte er, dass ich dieser offensichtlichen Wahrheit zustimmte, ich sah keinen Grund, daran zu zweifeln. Er war ein guter Mensch. Er tätschelte auch meinen Bruder im oberen Bett, und dann verließ er unser Zimmer. Es waren keine Insekten da, um ihn hinauszubegleiten.

In dieser Nacht drangen aus dem Schlafzimmer meiner Eltern fremde Stimmen, die den ihren nur oberflächlich ähnelten. In einem Moment kam es mir vor, als verschmölzen sie gänzlich mit den unverständlichen Vibrationen des Fernsehers. Ich hörte, wie sie das Zimmer verließen und wieder betraten, vielleicht beide, vielleicht nur er. Das Geräusch eines Wasserstrahls gegen die Badewanne. Ein Schluchzen oder vielleicht Kichern. Und dann Schlafen, viel Schlafen. Ganze Tage lang, unbedeutende und lange Tage. Und Neujahr, das wir auch irgendwie gefeiert haben mussten, wahrscheinlich haben wir Geschenke bekommen. Und danach Weihnachten und Mutters Hände, wie sie die Raffaello-Schachtel öffnen. Sie hatte die Verzierungen auf dem Weihnachtsbrot ungerecht verteilt, so dass Vater den Teil mit der eingebackenen Münze erhielt. Wie glücklich wir doch sind, sagte sie, dass Papa die Münze bekommen hat. Irgendwo hatte sie gelesen, dass das Wohlstand und Glück für uns alle bedeutete. Doch er aß nur sein Brot auf und vergaß dann die Deutsche Mark auf dem Tischtuch. Es war uns nicht erlaubt, sie zu nehmen, denn sie gehörte nicht uns. Unser Stück Brot war leer.

Wir mussten wieder in die Schule gegangen sein und sie zur Arbeit, wir mussten viele Aufgaben gehabt haben und sie viel zu tun, und es gab wieder mehr Hühnchen, mehr Schokolade, mehr Spinatstrudel, mehr Fernsehen. Und er musste manche Dinge zu uns gesagt haben, Dinge, die man zu Kindern sagt, wie groß wir waren, wie groß wir nur waren. Vielleicht umarmte er uns auch und hörte sich unsere ordentlich aufgesagten Gebete an. Und ich musste an diesem Tag früher aus der Schule gekommen sein, vielleicht war eine Stunde ausgefallen oder die Mutter hatte mir etwas aufgetragen, denn ich ging direkt in die Waschküche. Die Luft war stickig, und der Kühlschrank surrte durch unsere Wohnung.

Seine Füße waren in der Luft. Ich dachte daran, dass sicher auch die Zitronen so in Frau Popovićs Garten hingen, ruhig, wie mein Vater in der Waschküche. Es herrschte vollkommene Regungslosigkeit in dem Raum, neben dem Geräusch von Urin, der von seiner großen Zehe in eine kleine singende Pfütze am Parkettboden tropfte. Seine große Zehe war schief und haarig. Darin eingedrückt saß regungslos ein nasser, viereckiger Nagel.

Nein, dachte ich. Unsere Füße sind nicht *so* ähnlich. Die gleiche Form vielleicht, die gleiche Krümmung. Aber nicht *so sehr.* Nicht die gleichen.

Ein Teil des Buches wurde im Rahmen der Nona Residency in Sarajevo verfasst. Danke an Lala Raščić, Andreja Dugandžić und das ganze Team von *Crvena* für die Gastfreundschaft und Hilfe.

Ein großes Dankeschön an die lieben Freunde, die mir während der Covid-19-Pandemie eine Unterkunft in Zagreb geboten haben, wo ich diesen Band ungestört fertigstellen konnte. Das sind Dubravka Ugrešić, Sven Popović, Ljiljana Đorđević und Edo Popović.

Danke an Faruk Šehić und Seid Serdarević, die diesen Text genau unter die Lupe genommen und ihn mit ihren Kommentaren und Vorschlägen viel besser gemacht haben.

Manche der Geschichten wurden zuvor in den Zeitschriften *Polja, Povelja, Afirmator* und *Fantom slobode* veröffentlicht. Ich bedanke mich bei den Herausgeberinnen und Herausgebern dieser Zeitschriften für die erste Lektüre und die Kommentare.

Lana Bastašić

Fang den Hasen

Roman

Als junge Mädchen waren sie unzertrennlich, obwohl sie gegensätzlicher nicht sein könnten: Lejla, die Unbändige. Sara, die besonnene Tochter des Polizeichefs. Eine besondere Freundschaft, die plötzlich zerfällt wie das Land, in dem sie aufwachsen. 12 Jahre ist es her, als Sara Bosnien für ein besseres Leben verließ. 12 Jahre Funkstille, als ein Anruf sie in die Heimat zurückholt. Es wird kein harmloses Wiedersehen zweier Kindheitsfreundinnen, sondern eine verrückte Reise durch den Balkan nach Wien, immer tiefer hinein in die Abgründe der jugoslawischen Geschichte.

Aus dem Bosnischen
von Rebekka Zeinzinger
336 Seiten, gebunden

Weitere Informationen finden Sie auf
www.fischerverlage.de

AZ 10-397032/1